相聚有缘，后会无期

〔旅途〕

《读者·原创版》编辑部 ◎ 编

甘肃文化出版社

图书在版编目（CIP）数据

相聚有缘，后会无期 /《读者·原创版》编辑部编 . -- 兰州：甘肃文化出版社，2018.12（2022.11重印）
ISBN 978-7-5490-1745-4

Ⅰ. ①相… Ⅱ. ①读… Ⅲ. ①故事－作品集－中国－当代 Ⅳ. ①I247.81

中国版本图书馆CIP数据核字(2019)第001534号

相聚有缘，后会无期
《读者·原创版》编辑部 | 编

责任编辑 | 甄惠娟
封面设计 | 马顾本

出版发行 | 甘肃文化出版社
网　　址 | http://www.gswenhua.cn
投稿邮箱 | gswenhuapress@163.com
地　　址 | 兰州市城关区曹家巷1号 | 730030（邮编）

营销中心 | 贾　莉　王　俊
电　　话 | 0931—2131306

印　　刷 | 天津图文方嘉印刷有限公司
开　　本 | 800 毫米×1100 毫米　1/32
字　　数 | 132 千
印　　张 | 7.25
版　　次 | 2018 年12月第1版
印　　次 | 2022 年11月第3次
书　　号 | ISBN 978-7-5490-1745-4
定　　价 | 29.80 元

版权所有 违者必究（举报电话：0931—2131306）
（图书如出现印装质量问题，请与我们联系）

我总是习惯

做一些无聊的事

比如把秋天织进围巾中

却又把心事藏在秋天里

夕阳西下，年轻的恋人，漫步徜徉在回家的路上

这里是海 我在等你

目 录

001　西西里的落后生活
　　　花皮瓜

011　什么人可以当间谍
　　　柳　杰

019　塔希提的魔法
　　　另　维

031　三个卡萨布兰卡
　　　格桑亚西

043　任何一支世界强队,都别想轻易赢我们
　　　刀　口

053　裕固玫瑰
　　　刘　燕

| 059 | 法国的冬夜：热红酒和旧大衣
张悦芊

| 071 | 塞班6小时
另　维

| 079 | 穿越7000公里的旅程
樊北溟

| 087 | 罗　马
头　马

| 097 | 姑娘，如果你想一个人上路
江　凌

| 103 | "骨头级"航海家
格桑亚西

113	湘西记	雪小禅
125	斋普尔：粉红之城	叶　酱
133	相机冰岛历险记	头　马
147	被遗忘的大海先生	冯韵娴
153	所罗门群岛的艺术家们	另　维
171	我尝过那拉提的五百种滋味	林特特

181	不按规矩出牌的布鲁克林 简　猫
189	奔跑，在东京 头　马
195	暗黑瓦努阿图 另　维
207	失落的贝卡谷地 冯韵娴
213	每一次走散 徐　斌

当阳光照在海面上，我思念你。

思念有尽头吗？
思念就像一望无际的大海。

天边升起朵朵红云　悲痛只有独自承受

西西里的落后生活

在这个连语言都不通的地方,我找到了居家过日子的感觉。

花皮瓜

一

跟北京话不一样,太谷话的问候语,不是"吃了吗",而是"做甚当",翻译成普通话就是"干吗去"。太谷人喜欢隔空喊话,小时候在县城里,我跟着爷爷奶奶出门,老远就听见一句"做甚当"。我奶奶那时70多岁,这个没缠过脚、结了三次婚的小个子老太太,总是雄赳赳地停下来,大声说:"窜!"

"窜"这个词在太谷话里的意思就是逛街,却比逛街更形象。一个人漫无目的地在街上转悠,东看看西看看,进这家商店,出来又进另一家,哪有比"窜"这个动词更形象的表达呢?尽管那个年代物质匮乏,几乎没有什么商店,也没有什么商品,但"窜"依旧是小县城人们日常最重要的娱乐活动。每个人的快乐都体现在有时间、有精力出门"窜"一下。

"窜"还比逛街更有意思。如今的逛街,和花钱、买东西是同义词,出去逛一圈什么都不买,会觉得没有达到目的。以前出门"窜"可以不花钱,只是出去走走,碰见谁跟谁聊两句,看见新鲜事,驻足旁观一下,回来再跟家里人传达一下,愉快的一天就过去了。

我小时候经常独自出去"窜"。夏天午睡时偷跑出来，在空无一人的巷子里，灰色的高墙大瓦下，炙热的光线照射下来，知了发出巨大的叫声；冬天下雪的夜里，大门外的路灯下，大片的雪花在光柱中落下，落到地上时发出沙沙的声音；正月十五夜里看灯，回家路上，一路抬着头，路两边挂满了各色花灯；最多的，是在南门外，放学路上有成排的蔬菜摊、肉摊、灌肠摊子，人声鼎沸。在那些时刻，我暂时忘了没写的作业，心里充满了幸福。

几十年后，在莫迪卡，我重新找回了"窜"的生活。

二

在Airbnb网站上第一眼看见莫迪卡，是来自一张从阳台上俯视整个镇子的照片。镇子在山谷里，沿两旁的山坡铺展开来。灰色的石头房子重重叠叠，高大的教堂耸立其中，像是一个从古代穿越过来的中世纪小城。我一眼就喜欢上了那里，没有做任何调查研究，也没有看旅行指南，我决定去西西里。

事实证明我的感觉是对的，西西里的小城莫迪卡，跟我的老家太谷神似。尽管这里的房子都是石头垒的，而太谷是晋商发源地，都是灰砖大瓦房；莫迪卡依山谷两侧而建，巷子高低错落，如迷宫般，而太谷地势很平坦，基本上横平竖直。但那种经过岁月淘洗，嵌在石头缝里的历史感却跨越重洋，在我心里相遇，让我认定了莫迪卡。

古城里至少有一半民居已经无人居住，关门闭户，屋顶上的瓦塌陷着；剩下的一半，阳台上晾着衣服，种着花。这里是联合国教科文组织认定的"巴洛克世界遗产"，但几乎没有什么游人，估计是因为西西里像这样的小城太多。从市中心的一条主街往山上一拐，光线就立刻幽暗了，也难得见到一个人，只剩高高低低的小巷子了。猫很多，个个养得皮毛鲜亮，远距离观察着你，然后一溜烟儿跑掉。光滑的石板路窄得容不下一辆车，只能步行。穿过门洞、台阶、人家的门前，左拐右拐，纵横交错。不到5分钟，已经走得气喘吁吁，浑身是汗。没有一家的房子不是建在坡地上，有的房子甚至靠在山上的石头上，或在石头上凿出个洞来。窄小的门上装饰着铜把手，二楼小小的阳台伸出头顶，绿色百叶门两扇中分，让人忍不住想伸进头去窥探一下。走着走着，突然眼前开阔，出现一块空地，空地上放了一两张椅子，椅子上坐着晒太阳看风景的老人，聊着天，看到我，他们不由自主地停下来，盯着我看半天，嘴里冒出一句"buongiorno"（你好）来。

三

在这迷宫一样的巷子里"窜",是我的第一大享受。刚来的半个月,我每天出门"窜"几个小时,还没有把巷子都转完。小巷子里每一家的房子都不同,晾衣服的方式也不同,大巷子则三步一个小店,店门半开,光线幽暗,里面巴掌大的地方,卖各种东西。卖面包的摆着老式木柜子;卖肉的放着白色透明的冰柜;卖菜的把货架摆在门口,一小筐一小筐的西红柿、豆角、茄子、茴香摆得整整齐齐;卖巧克力的用小篮子放好了免费品尝的样品;卖海鲜的将冰块一字摆开,把鱼摆在上面……还有卖小点心的、卖冰激凌的,所有能卖的东西都被分了类,好像要让每个人都能有点儿东西卖似的。眼镜店、服装店、鞋店、五金店都像这样在街角开着,即使是难得一见的超市,也小得让人担心——全世界都被大超市垄断了,我怕他们坚持不下去,消失在不远的将来。

第二大享受是看街上的人。早上10点钟一直到天黑,街上总是有很多人。咖啡馆门口的椅子上是人,广场上的椅子上是人,路边或站或走的三两成群的人,安静地晒着太阳,或者热烈地聊着天。西西里人矮小,多半都是深色头发黑眼珠。这个位于地中海的像十字路口一样的岛屿,几乎经历了欧亚大陆历史上所有的变迁，从古希腊、古罗马文明，到阿拉伯文明、文艺复兴都在这岛上留有遗迹。莫迪卡人有着朴实天真的眼神，每个人看见我都一副喜出望外的样子，只要眼神相遇，他们就会认真地跟我打招呼，这也像是我记忆中的童年——在小镇上，一个外来人是无处遁形的。刚来的第二天，我揣着一张纸条，在大街上三步一问。每一个人都像讲故事一样，手舞足蹈地用意大利语给我指路，而我居然都听懂了，最后，在几十个人的帮助下，我步行了3公里买到了插头转换器，其间还婉拒了一位热心人开车送我的提议。

我很快就决定在莫迪卡住几个月。在全世界都被全球化裹挟而去的今天，人人都做着"美国梦"，起早贪黑地挣钱，买房买车。莫迪卡就像是一个藏在世界背后的城市，不紧不慢，昏昏欲睡，保持着它旧有的生活节奏。教堂钟声每小时在天空中回荡一次。中午1点，所有商店准时关门，店主回家睡午觉。下午5点，逛街买衣服的女人们慢慢出现在街头，冰激凌店门口开始有人。星期天是没有菜可买的，星期一也很少有人上街采购。我用了半个多月的时间，经过无数次出门买东西失败的教训，才渐渐融入了这里的节奏。

在美国，买菜简直是个工作，要写清单，一次买一礼拜的菜，不做计划根本不可能。连买回来先吃哪个后吃哪个都得计划好，否则新鲜的菜就放坏了。买菜要开车，在巨大的货架之间按名字搜索，又在无数的选择中间左右为难。所以我一度恨买菜。现在，我又可以每天随时出门"窜"，看今天哪家的东西新鲜，再决定要吃什么，跟摊主们用"你好"和"谢谢"几个简单的单词，加上手舞足蹈交流一番，再慢慢地走回家。想想真可笑，在这个连语言都不通的地方，我找到了居家过日子的感觉。

四

西西里为什么会如此特别？我猜，也许跟它的穷有关。人人都知道西西里在意大利是穷地方，而意大利在西欧又是穷国家。在从罗马飞往西西里的飞机上，可以清楚地看见西西里的地貌。除了挺立的一座活火山，西西里几乎全部是丘陵，且没有树。维基百科上说，西西里岛是人类历史上最早因为开荒种地而把森林都毁掉的地区。在开往莫迪卡的路上，我惊讶地看见，这里几乎每一寸土地都被耕种过，连高处的山冈和低处的谷底也不例外。田地被分割，每块地都只有半亩或者更小，被小石块垒的半人高的墙围起来。大部分的小块田地已经荒芜，而且土壤不肥厚，只长了稀疏的荒草。很明显，在这块土地上生存是艰难的。

一个不富饶的岛屿,处在各种文明交汇的地方。久远的历史和挣扎生存的痕迹,让这里的文明不会灿烂如罗马,也不会轻易中断,小火慢炖,最终熬成了活化石。正是因为穷,缺乏工作机会,西西里人放弃了追赶时代,决定继续按自己的节奏生活下去。

中国人是西西里幸福生活的受益者,确切地说是温州人。莫迪卡有好多家规模不小的中国日用品市场,货品从针头线脑到地毯服装应有尽有,价格比超市便宜很多,已经成为本地人的购物首选。西西里人的收入不高,中国货正好满足了他们的消费需求。本地人失业率很高,而"做生意的中国人在这儿是上等人",一个中国商店的老板娘告诉我。她劝我在莫迪卡定居,顺便养个孩子。全职保姆在这儿才四五百欧元一个月,要是想请个中国保姆,就得每月3000欧元起价了。另一个中国商店的老板告诉我,这儿就像他中国乡下的老家,每个人都彼此认识,去酒吧你请一杯咖啡他请一杯咖啡,一聊半天就过去了。中国人的勤劳温顺和西西里人的天真淳朴也相得益彰。我从心里替他们高兴,出国受了这么多年苦,最后落脚在这样的地方,生活稳定闲适,比起留在国内炒房斗富的那些温州人来说,不知道有多幸运。

西西里并不是没有缺点。比如老房子供暖系统不好，石头房子阴冷，货品不丰富，交通不方便，没有跑步专用的人行道，海鲜比大城市要贵一些。想必人情也在这里占很大的分量，所以真要办什么事，效率也会有问题。这些问题，我在意大利生活过的老朋友黄科学家早有预言，他说，等我住得时间长了，西西里的缺点才会一点点显现出来，到时候我就明白，这儿为什么落后了。可是看过了那么多的"先进"，我如今是个反"美国梦"的人。我宁愿住在这老旧的石头房子里，去街对面买菜，跟老年人打招呼聊天，过这样落后的生活。

就让这世界保留一点儿落后的生活吧。

什么人可以当间谍

> 全世界没有他们不去的地方，也没有他们不会的语言。

柳杰

什么样的人可以当间谍?

在知识爆炸,知识专门化、碎片化的今天,似乎随便什么人都可以使用电脑来撰写、分析情报,也就是当间谍。但是,这只是内勤间谍的工作范畴。

在间谍卫星星罗棋布、摄像头遍地、网络密探无所不在、人工智能突飞猛进的时代,很多情报的获取依然得靠外勤间谍亲自打探、搜集、窥伺、偷听、窃取、收买、巧取豪夺,与此相伴而生的情报传送、跟踪盯梢、诱骗欺诈、绑架暗杀等苦活儿和脏活儿,都得由詹姆斯·邦德那样的外勤间谍、行动间谍涉险犯难,亲力亲为。这些活儿,就不是什么人都可以干的了。

那么问题就变成了"什么人适合做外勤间谍"。

一

曾经,斗篷和匕首是间谍的象征,它们突出的是这份工作的神秘性和暴力色彩。其实,在真实世界里,外勤间谍当然会使用暴力,但是靠暴力吃饭的间谍常是无关紧要的小角色,谍报史上功勋彪炳的间谍没有以暴力闻名的。现代世界更是如此，所以情报机构、谍报机构越来越向世俗社会看齐，渐渐变得像一个学历社会。

也许，胡佛当权时期的美国联邦调查局最能体现这种风气的转变：翻翻探员的履历，常春藤盟校的毕业生越来越多。在招揽名校毕业生加入情报组织这方面，世界上最大的间谍机构——美国中央情报局也不遑多让。二战前后及冷战期间，苏联情报机关操纵的英国间谍网，其层次之高、活动时间之长、产品之精，在世界谍报史上可能都空前绝后，其中的佼佼者——"剑桥五人"，都是剑桥大学的毕业生。而跟剑桥大学打了几百年擂台的牛津大学，则出了一支写间谍小说的作家队伍。他们以间谍为题材并非偶然，其中最成功的约翰·巴肯和诺贝尔文学奖级的小说家约翰·勒卡雷、格雷厄姆·格林，都在英国间谍或反间谍机构工作过，曾是货真价实的间谍。像格雷厄姆·格林，和"剑桥五人"里最出名的金·菲尔比都曾在英国赫赫有名的军情六处共事。而另一位著名的英国作家毛姆，也是德国最好的大学海德堡大学的毕业生，曾是英国军情六处的人。

当然，间谍这一行，学历不漂亮甚至很难看而照样本领高强、建功立业的人，也比比皆是。比如中华人民共和国成立初期曾任上海市副市长、自20世纪30年代起就一直奋战在情报战线的潘汉年,虽然他只读过几年小学,却是这一行的顶尖人物。其中的奥妙就是,他学历虽低,但智力超群。

超高的智力可以说是做外勤间谍的重要条件。

曾经在两次世界大战期间先后为法国、英国、荷兰的情报和反间谍部门工作过的荷兰人奥莱斯特·平托上校曾经著书,列出了一些当间谍的条件,其中绝大部分都是智力和心理上的要求,而且,这些条件多半是天生的,和念过什么学校、读过什么书没有关系。

二

平托上校列出的条件中,位于第一位的是记忆力。当间谍要记忆力好,具体要多好呢?他现身说法:"我至今还清楚地记得我三岁生日时收到的那些礼物、赠送礼物的人以及他们每个人到我家的时间。"我们普通人可能连中学老师的名字都记不全,但是他"还记得六个月大时的事情,脑海里至今保留着那些印象很深的东西:摇篮,它周围装饰的布幔"。

平托上校的能力清单里很靠前的还有一条:语言才能。间谍的产品是情报,情报的来源多在外国,所以当间谍毋庸置疑要语言能力出色。怎样才算语言能力出色呢？不妨看看间谍小说大师福赛斯的小说《上帝的拳头》中的一个情节：英国陆军特种空勤团少校马丁被英国秘密情报局借用，他要在多国部队入侵伊拉克前，被空投到伊拉克占领的科威特领土搜集情报。当他在秘密情报局听完任务陈述后，被安排和阿尔科利先生一起吃午饭。阿尔科利先生是阿拉伯人，曾任约旦的外交官，现在入了英国籍，是英国第三大情报机构政府通讯总局中东处的高级情报分析员。一顿饭吃了两个小时，他们说阿拉伯语，边吃边聊，聊得兴高采烈。吃完饭，马丁回到部队，阿尔科利先生给秘密情报局托他办事的人打了个电话说："没有问题，史蒂夫，他十全十美。事实上，我还从来没有听到过任何人能像他那样说阿拉伯语……是市井阿拉伯语，带有咒骂、俚语、术语……不，听不出口音……是的，他能够融入中东随便哪个地方……"

在小说家勒卡雷自己最钟爱的作品《完美的间谍》里，英国间谍皮姆，一个牛津大学的优等生，英国驻维也纳情报机构的领导，可以模仿车站站长的土话报出因特拉肯和少女峰之间的站名，且惟妙惟肖。需要的话，他也能用奥地利口音说德语。

如果我们联想到勒卡雷本人曾经在瑞士德语区留学，又有驻勤德国做间谍的经历，自然便对他讲的故事深信不疑。

现在我们能明白，为什么很多间谍（他们公开的身份常常是驻外使馆的领事、参赞、武官、秘书等）都是外语学院、外交学院、国际关系学院之类的大学的毕业生了。另外，欧洲早期的情报机构也都喜欢请传教士帮忙。为什么？因为他们的势力比美国中央情报局都大，全世界没有他们不去的地方，也没有他们不会的语言。

三

记忆力好、语言能力出色，这样的条件，很容易让我们想起一些书斋里的巨人，比如钱锺书等人，他们长期游学国外，记忆力一流，精通好几门外语，几十年前读过的外文书还可以随口背诵。他们适合当间谍吗？恐怕不适合。杨绛先生曾"揭发"过：钱先生出了门是不辨东西的，搞个队列训练让他喊口令，他英文够娴熟，嗓音也够洪亮，唯一的问题是——他指挥大家向左转向右转，但是他自己并不清楚哪边是左哪边是右。

1937年4月，西班牙内战期间，金·菲尔比被苏联情报机构派往西班牙南方搜集情报，他的公开身份是英国《泰晤士报》的记者，持英国护照。某次，为了获得第一手资料，他以看斗牛为由，去南方城市科尔多瓦刺探军情。不料第二天早上还没睡醒,他就被当地反间谍部门堵在旅馆客房里检查、盘问,并被押走继续受审。本来他的身份响当当,又没带任何让人起疑的行李物品,经得起任何盘查,怎奈一时疏忽,他裤兜里有一份用密码写成的上级指示。一旦被搜出,他的间谍身份就会曝光,很可能会面临战争状态下间谍的常见结局:极刑。

被押解的路上,他一直在想办法消灭那张纸片,无奈两名国民警卫队队员盯得很紧,他完全没有机会耍花招。

到了指挥部,一名少校军官详细地盘问他的身份、旅行事由、行程,并且非常专业地搜查了他的行李箱——戴上手套,细细查看、摸索了箱子的里里外外,将他的所有物品包括内衣都拿到灯光下照射,甚至连箱子的内外尺寸都量过。当然,最终一无所获。西班牙人向来以办事吊儿郎当、效率低下著称,他们的军人、警察也常被国外同行瞧不起,可是金·菲尔比偏偏就碰到和盖世太保一样专业的反谍报人员,也是活该倒霉。

搜完箱子,少校还要搜身。

救了菲尔比一命的是房间里一张宽大、桌面光滑的桌子,当然,还有他那个临危不乱的聪敏的脑袋瓜。他掏出钱包,从桌子的一头向另一头用力推了出去,出手的一刻,手腕还抖了一下。钱包像沙壶球一样旋转着向前滑动,少校和那两名国民警卫队员像鹰一样扑了过去,菲尔比趁机从裤兜里掏出纸片塞进嘴里，吞进了肚子。

卢梭在《忏悔录》里说了一个笑话：某人被别人骂了一顿，走出几十里地才想出来很高明的回骂的话。这种慢脑子，不管最后想出的主意如何美妙、毒辣，当外勤间谍都是不行的，因为哪怕他像猫一样有九条命也不够用。

所以，那些书斋里"思接千载、视通万里"的人物，未必入得了间谍行当。

四

江西省兴国县有个苏区干部好作风陈列馆，里面有一件展品是一份苏区政府赤色戒严令的照片，由江西省苏维埃政府主席曾山和军事部长胡灿署名发布，戒严令的一部分就是关于派遣间谍搜集情报的。

展出的照片看不到戒严令的发布时间，但是根据内容判断，应该是在1930年前后，正好是金·菲尔比在剑桥大学读书，被苏联情报机构招募为秘密情报人员的时期。这些人为这一行定下最高标杆："聪明，长于诡计，耳目灵活，动作轻捷，不怕死，不惊不慌，吃苦耐劳，忠实可靠。"

塔希提的魔法

对于塔希提,高更是仰望的朝圣者。

吕维

一

塔希提当真像梦境一样。

楼宇和街道，一半的背景是山，缭绕在雾里的山；一半的背景是海，在阳光下闪烁的海。"隆冬"12月，这里艳阳高照，温暖且有风，城市里到处播放着和阳光一样热情洋溢的欢快音乐，当地人坐在路边，肥硕的身体懒洋洋又灵活地随着音乐摆动。

往公路深处走，城市消失了，变成树林、瀑布和绵延不绝的海岸线，全部以湛蓝天幕和雪白云朵做背景，每一帧画面都很美。正当我们不知道该把车停在哪里好时，忽然看见前方的路牌——瀑布洞穴。是个景点，刹车。

往里稍走一些，便在精致石子路的尽头见到一处洞穴，瀑布沿山石和苔藓细细弯弯地流下来，形成水帘，水帘洞底铺着一汪清澈的水。洞里清风徐徐，十分凉爽，我想踏进去，可是洞口砌着矮栏杆，告示牌上用法语和英语写着"危险，请勿入内"。

可洞的深处分明有音乐声传来，欢快的旋律伴着山间鸟鸣，我大喊了几声"hello"，几个少年从视线尽头探出头来，他们太黑了，乍一看只有眼睛和大白牙，小小地吓了我一下。

他们冲我招手。一起拼车的法国人Dimitri说："他们叫我们进去玩。"

我说："告示牌上说里头危险。"

Dimitri翻译说："里头很凉快，他们爷爷的爷爷小时候就在里头玩了，告示牌是给游客看的。"

公路建得太好了，旅游大巴轻轻松松拉一车游客到这里，把他们全数倒下来，三五十人热热闹闹去洞口拍照留念。每到这时，少年们反正听不了音乐了，就在洞口摆摊卖椰子。

野生的椰树到处都是，熟透的椰子掉在地上，几周就能发芽，谁碰巧路过，顺手把它埋在土里就能长成树。少年们兴致一来，爬到树上比赛拧椰子，再3美元一个卖给游客。旅游大巴一到，干渴的游客就把他们围起来，挥舞着美元，争先恐后地抢椰子。

没有成本的买卖！会计专业的我登时心潮澎湃。

"你们可以多摘一点儿，拖到港口卖，一条中型邮轮一次能下来2600人，只要有10%的人买椰子，一天就能净赚780美元！"

少年舒服地伸了个懒腰说："这里凉快啊。"

见我喜欢正在播放的舞曲，少年便问我带没带手机，说他可以把音乐用蓝牙传给我。

二

汽车继续行驶，好玩的东西越来越多，一不小心错过了一片黑沙滩。那里的设施太好了，有休憩用的凉亭、野餐用的桌椅，还有冲凉用的水管。那些设施有的立在黑沙上，有的包裹在花丛里，干净、先进、设计巧妙，还有潟湖夹杂其中。当地人有的冲浪，有的泡在水里，欢声笑语马路上都听得到。

车辆不少，Dimitri找不到折返点，便停在路边，问水果摊主如何回到那片设施极好的黑沙滩。

摊主是对中年夫妇，他们咧着嘴对我们笑："往前走吧，路边多得是！"

说话间，同行的顾生捡起地上的绿果子，剥开一看，晶莹剔透，像荔枝，咬一口，口感和味道都好极了。

我也连忙找，半天只找到一颗，不好意思独享，塞给Dimitri。正和Dimitri互相谦让，水果摊的男主人拾一根棍子，朝头顶的树枝一打，那果子便乒乒乓乓掉了一地。

果子个头大，一手只能拿两三个。那位丈夫撑开一个塑料袋，笑呵呵地上前递给我们，还顺手捡了十来个放了进去。

顾生不肯白拿，坚持要给钱，水果摊夫妇很为难：杧果和菠萝是自家院子里种的，明码标价，可这些野果，一时半会儿不知如何定价。

我说："那就买一些杧果吧！"

杧果500太平洋法郎（约合人民币34元）大概能买五六个。塔希提的物价都不低，全当买个安心。

Dimitri大概也有点儿愧疚，停车问路而已，却叨扰了半天，他不停地道歉和感谢。妇人连连摆手，说："没关系，喜欢野果的话，这个也给你们！"说着掏出一个木瓜放到我手上。"好大的木瓜！"我又惊叫起来。

妇人大约觉得我的反应好玩，又掏出一大串绿香蕉，一边放进我怀里一边叮嘱："这个要先放一周，放黄了才能吃，比木瓜甜！"

顾生又要给钱，妇人坚定地摆摆手，指指身后的小路，说这些都是他们家门口的野树上结的果子，不要钱，易采摘，他们一小区人都吃不完。

我往后一看，竟然望到瀑布，就在一小排屋舍后头，好想去一探究竟，就手舞足蹈地现学现卖，用法语询问："我能去里面看看吗?"

我不知道是哪里触到了妇人的笑点,她笑弯了腰,好不容易抬起头来,说:"去吧去吧,我们都去,陪你们去!"

水果摊也不管了,夫妇俩陪我们走进小路。

靠海一面的房屋,后院囊括黑沙滩和太平洋,我一路都觉得一街之隔的靠山的房主很悲惨,走进去才发现,我是错的——他们的后院有草坪和小溪。溪水的源头是小区尽头的瀑布,水沿山石流下来的时候,阳光一照,翠绿之间顿时现出一条晶莹迷幻的长带。

木屋沿小溪井然有序地延伸到瀑布处,木屋没有大门、围墙和篱笆,家家户户都是在空地上建几间独立的木房子,有几间做卧室,另外几间做客厅和厕所,厨房、餐厅和盥洗室大约都在室外,因为我在木质小台上看见了碗筷和牙杯、牙刷。屋舍是原生态的,但每家每户两三辆车、几艘独木舟或快艇是标配。

猫猫狗狗懒洋洋地躺在院落里头,狗稍微警觉一些,大概它就是大门了。

还有鸡,鸡不怕猫,也不怕狗,在院子里边叫边蹿来蹿去。我追它,它一惊,展翅一飞,落到五六米高的枝头上,我震惊地大叫:"快看!鸡会飞,鸡会飞!"

鸡一扑扇翅膀,树上掉下来一个果子,我捡起一看,继续叫:"牛油果!快看,这里有牛油果树!"

我可能太好笑了,居民们纷纷出门围观,有光脚的小孩学我,怪腔怪调地凑上来:"Look, coconut crab, this is coconut crab!"(快看,椰子蟹,这是椰子蟹!)

小孩不足我腰高,手上捏着一只起码25厘米长的椰子蟹,蟹壳蓝黑相间,像只巨型蜘蛛,吓得我抱头鼠窜。

居民们又是一阵大笑。

小孩麻溜地放好椰子蟹,那是他亲手捡的晚餐,又抱了冲浪板出来——晚餐有了,天还没黑,他要去玩了。

我们同路。副驾驶位让给他,他指路。

三

黑沙滩好玩,更好玩的是黑沙滩边有喷潮海岸。

塔希提是在火山运动中形成的,整座岛屿被珊瑚礁环绕,沙滩是黑色的,沉积岩也是。岩浆流成什么形状,海岸就保持什么形状,经过海浪上百万年的拍打,海岸边的岩石上布满了大大小小的洞,海浪冲进洞里,又一柱一柱喷涌而出,像是海岸线上的鲸鱼群。塔希提政府体贴地在最好的观潮点为游客修建了观景台。

一个浪打上来，小鱼和螃蟹在观景台上迷茫地翻身弹跳，游客急忙拍照留念，再把小鱼拨回大海，而螃蟹早已不知哪儿去了。

岩浆流得再诡异些，便和沙、珊瑚礁一起在岸边形成小池塘，把海浪隔绝在池塘外头。池塘水清澈，流速缓慢，色彩鲜艳的热带鱼成群游弋，当地人拖家带口泡在里头，那是他们的天然浴缸。

西班牙人给"浴缸"取了美丽的名字，Lagoon，潟湖。

喷潮海岸，珊瑚礁，黑沙滩，潟湖，远处的海浪拍打着抱着冲浪板的小孩，大背景是辽阔的太平洋日落。塔希提的海岸线，像个巨大的天然水上游乐场。

Dimitri转眼就不知游到哪儿去了，我发现潟湖里的一家老小讲英语，随便问了几声好，他们便邀请我进去玩。

水太清澈了，我低头就看到宝石蓝色的小鱼苗，好小好小，他们不怕人，一撮一撮凑近我，在我的腿边、脚边摆着尾巴亲吻。我不敢动，我太巨大了，怕掀起它们的海啸，伤到它们。

邀我进湖的那家人弄清我一动不动的用意，顿时，又是一阵哈哈大笑。

"你放心吧，你伤不了它们的。"

果然，我稍一挪动，鱼群已经在我有所动作之前摆着尾巴撤退了。我喜欢极了，伸手捉它们，再努力也永远差一点儿。

一个小孩叫我不要捉那些鱼了，不好吃。他扔给我一只浮潜面具，把我拉到水下，把肉多好吃又好捉的鱼一一指给我看。

我从开始认真观察塔希提的那一刻起，就一直在惊叹，此刻终于忍不住问了。

"塔希提人渴了，遍地都是椰子；饿了，面包树、木瓜树、牛油果树、香蕉树到处自己生长；馋了，鱼、虾、螃蟹玩玩水就能顺便捕捉……你们的生活需要钱吗？"

一整个潟湖的人又哈哈大笑起来，塔希提人的笑容热情粗犷，那快乐仿佛能传到无垠天际去。

"需要啊，因为我们也会想吃麦当劳。"

小朋友最同意，他拿起放在沉积岩上的薯片，游过来给我，说："这个比果子和鱼虾好吃，最好吃！"

塔希提人好像特别爱分享。

我看出来了，虽然欧洲人的到来和殖民把他们全变成了基督教徒，但塔希提人的爱分享绝不是因为宗教——他们拥有的太多了，吃不完。

他们的富裕生活也来得容易，游客们不远万里送钱来，把物价哄抬得比美国还高,但这影响不到塔希提人,他们的土地都是祖传的,每家每户都有好大一片,他们在家门口随便卖卖东西就够了,反正整座岛屿都是景点。

再勤奋一些的塔希提人,会在家里养珍珠蚌,在这片神奇的水域,蚌打开来,全是享誉世界的大溪地黑珍珠。他们戴黑珍珠饰物,也将珍珠高价卖给把这珍珠炒成天价的遥远大陆的人。两百年来这里繁盛、先进,教育普及又发达,他们都不傻。

他们根本不在乎什么高更,也不需要小心翼翼地维护和建设每一处人文景观。上帝太爱他们了,高更创作再多的作品也不能给这里增色,因为塔希提从诞生之初,就是一份来自上帝的礼物。对于塔希提,高更是仰望的朝圣者。亲身走一遍,我才明白。

我问潟湖里的那家人:"你知道欧亚非大陆那么大,却都没有如塔希提这般美好的地方吗?"

男人回答:"我不知道大陆是什么样子,太遥远了,不过我确信,这是一座被上帝保佑着的岛屿。"

在地球仪上看塔希提,她孤零零地长在太平洋的中心,全球化到如此地步,到达这里依然不是一件容易的事。这刚刚好,大自然把所有的鬼斧神工一股脑儿放在离一切人类文明都遥远的小岛屿之上。这片离天堂最近的土地，只留给她最宠爱的子民，以及探险家、艺术家、旅行家，留给那些愿意为之跋山涉水的人。

四

Dimitri当了一天司机，说好了大家分摊油钱，他却怎么也不肯收了。

"你有没有发现，塔希提的魔法，不仅来自天堂般的美丽景色，更来自塔希提人的乐于助人、热爱分享和不求回报。200年来欧洲人一直说塔希提是离天堂最近的地方，我想他们这么说，除了因为此间景色，更因为塔希提人的模样，就是被上帝富养着的人的模样。塔希提人对待别人的方式，使塔希提美好且令人难忘。"

我说："话不能这么说，每个人都只劳动不要钱，世界就没法运作了。"

而Dimitri只想从塔希提带走些东西。高更带不走塔希提的景色，于是他带走关于塔希提的画作；Dimitri带不走塔希提的景色，于是他想带走第二种魔法——塔希提人的乐于分享和不求回报。哪怕仅此一次也好。

Dimitri的给予让我像惦念塔希提一样惦念他——如果有一天他去了中国,语言不通,寸步难行,真希望也有人像他对待我一样对待他。

他叫Dimitri Revouy,一个药剂学博士,法国人。如果有一天,你在中国街头遇到因为不会讲汉语而十分无助的他,请带他上路。

也给他一次"塔希提的魔法"。

三个卡萨布兰卡

格桑亚西

> 所有存活并繁衍于此的生灵,都得到了来自上天的恩泽与庇护。

卡萨布兰卡，摩洛哥第一大城市，濒临大西洋，其名声远远超过首都拉巴特。

对我，卡萨布兰卡可不仅仅是非洲北部的一座城市，在虚幻与真实里，一直就有三个卡萨布兰卡，比肩并立。

一

和全世界大多数人相似，我知道它，首先是因为一部电影。

1942年，二战战事正酣，同盟国的胜利还很遥远。华纳兄弟公司推出了堪称大片的《卡萨布兰卡》。

你很难把这部电影固化为某种特定类型。

说它是惊险片吧，它没有到让人屏住呼吸的程度。和后来的"007"系列、"碟中谍"系列，以及再后来的"谍影重重"系列，不可同日而语。

说它是爱情片吧，它的情感镜头至多不过深情拥吻的层级，是保守、收敛的风格，绅士、淑女的做派，习惯香艳的新新人类肯定要大失所望。

但它就是好看,必须得归入经典,几代人过去,它也依然没有被遗忘。像我,隔一段时间,在被某种天气魅惑或某根记忆之弦被碰触时,就要重新看一遍,或全片,或片段,津津有味。

亨弗莱·鲍嘉、英格丽·褒曼,漂亮的男女演员早已作古。用不着时光去做旧,电影原本就是黑白的,这是先入为主的印象,也是卡萨布兰卡留给我的有关其光影的错觉。

黑白的街巷,黑白的衣着,黑白的里克咖啡馆,黑白的大地、海洋、天空。

我以为摩洛哥就是这样黑白分明的色调,然而眼见为实,它是苍黄、碧绿、蔚蓝的。

苍黄无垠的戈壁沙漠是摩洛哥的主旋律。说苍黄并不准确,在不同的时间段,它的色泽是变幻着的。我骑骆驼走进撒哈拉的时候,正值夕阳西下,倾斜的光线把人和动物的影子拉成长长的条状,沙丘的颜色由金黄转向橘红,背阴处是瓦灰。撒哈拉威向导穿着传统阿拉伯长袍,缠着明黄色头巾,他淡蓝色的面庞真如作家三毛的描述,英俊得不可思议。

说不定,他就是三毛的土著朋友的后代呢。

如果三毛一直不曾离开撒哈拉,离开这片属于她前世乡愁的土地，后来的事也许要改写。

　　这是一片存在因果的土地，除了骆驼蹄印和不连贯的车辙，沙漠上看不见有形的道路。在相似的沙丘面前，方向变得模糊，许多的可能性就蛰伏在看似平静的沙丘下面，每一种，都通往看不透的结局。

　　差之毫厘，去之千里。

　　从这里走出去的三毛，被无形的手牵引，被命运的GPS定位，从撒哈拉到加那利群岛，再回到台北，一程一程步向她自己的宿命。

　　碧绿的是绿洲，所有的绿洲都依傍一泓流水。

　　这里的溪流清浊不一，水量有大有小，但总体而言，都是几步即可跨越的，基本不能用滔滔、奔腾之类的词语描摹，这样很容易被来自泽国水乡的游客低估。然而就是这样细小的流水，却又绵延不断，沿途滋养出古老的村落、田地、牛羊、成片的椰枣和棕榈树。她们像瘦弱的非洲母亲，拉扯着众多的儿女，愁苦、艰辛，却依然舐犊情深。那些土筑的房舍和周遭的景物融合得如此完美，以至于《阿拉伯的劳伦斯》《木乃伊》《角斗士》等数十部好莱坞电影，要万里迢迢来这里的古村落取景拍摄。

　　流水是因缘，绿洲是果实，这一片片绿色的存在，让雄浑的荒漠有了女性的阴柔，亦让所有存活并繁衍于此的生灵，得到来自上天的恩泽与庇护。

二

在摩洛哥，还有一种来源于茶饮的碧绿，还必须用玻璃杯盏，才能领略其甘美。红茶滚烫，加糖，几枝鲜翠的薄荷枝叶悬停其中，半浮半沉。稍稍等待，小口啜饮，甜涩中带有馨香的味道沁人心脾，直贯头顶。

这是薄荷茶，摩洛哥的国饮，轻易就击败了苦咖啡和甜可乐，始终牢牢占据主流饮品市场，俘获无数见多识广的旅人们散漫的心。

市场上论捆卖着的，就是这些新鲜的薄荷。

我喝过的滋味最好的薄荷茶，是在摩洛哥首都拉巴特的古城堡上。

黄昏时分，夕阳如醉。余晖在古旧的石头墙壁和曲折的小巷里，投射出无数转瞬即逝的神秘光影。

茶馆临海，薄荷茶配搭手工小点心。

海在壁立的悬崖下，是成就过无数航海家梦想的大西洋。

现在的它是驯良的，蓝灰色的海面起伏不大，仿佛一整匹最适合制作阿拉伯长袍的丝质面料，又像一盆浓汤，酝酿，涤荡，做黄昏入定前的吐纳。

海湾右岸是层层叠叠的城市，新旧混搭，凸显出黄绿色的哈桑塔，那是阿尔莫哈德城的遗迹，也是城市地标。

广场上有国王哈桑二世的陵墓，这位1999年逝世的开明君主，受到人民由衷的爱戴。

这个半干旱的古老国度，正在稳步走向繁荣的未来，总体来说，它就是非洲的一块生态良好的绿洲。

这也是得益于漫长的海岸线和浩瀚的大西洋吧，隔着窄窄的直布罗陀海峡，从这边的丹吉尔到对岸的西班牙城市塔里法，乘船不过40分钟。汽车可以直接开进滚装船里，边检相对宽松，口岸活像中国小县城的汽车站。

登船，启碇，感觉刚刚坐稳，非洲已成船尾一条温柔的弧线，而西班牙，正从悬崖绝壁上扑面而来。

三

第二个卡萨布兰卡，是一首歌曲。

这首歌，在相当长的一段时间里，其实是一个美丽的误会。

电影《卡萨布兰卡》完成于战火纷飞的1942年,歌曲《卡萨布兰卡》首唱于1982年,很显然,它不可能是电影的主题曲。

然而,它的旋律实在是太美了,我有幸聆听的时间又早在看到电影前,"卡萨布兰卡"这个词,或低回婉转,或高亢奔放,在歌曲中被反复吟唱,所以我就自作聪明地一直当它是电影原声音乐。

终于有机会看到电影,从头等到尾,影院灯光亮起来,演员表已经出现在幕布上,熟悉的旋律依旧没有出现,这才知道是上了个美丽的当。

1982年,美国音乐家贝蒂·希金斯创作了歌曲《卡萨布兰卡》,演唱后迅速走红,成为他最成功的作品。借助现代传媒,这首歌的影响力超过原来的电影音乐,也使得许多人像我一样,即便知道了真相也没有被蒙蔽的感觉,倒觉得它比原先的插曲更加贴近剧情。

I fell in love with you,(我坠入了爱河,)

Watching Casablanca,(与你一起看《卡萨布兰卡》时,)

Back row of the drive-in show.(在露天汽车剧院后排。)

和心爱的女孩躲在破旧的老爷车里看老电影，美妙的故事就这样发生了。这是少男少女的初恋，没什么钱，但是和心爱的人在一起，星空下，廉价的可乐、爆米花胜过香槟和鱼子酱。

同样是讲述感情，我们看回电影。影片中的里克和法国警长，他们身上有邪气，有妒忌，有小心眼的计较和彼此算计，但里克能够在紧要关头舍己取义，用仅有的通行证送走挚爱的情人，自己走向不确定的将来。

这是血肉丰满的英雄形象，不是完美无缺的神话故事。

原版插曲，是影片中黑人钢琴师的自弹自唱。电影自始至终的配乐，都来自这首歌曲的各种变奏。

英格丽·褒曼饰演的爱尔莎走进里克酒吧，要求老朋友黑人琴师山姆演奏As time goes by，即电影的主题曲《时光流逝》。

山姆有些为难，因为这是老板里克（亨弗莱·鲍嘉饰）在巴黎和爱尔莎分手后就一直禁唱的歌曲。

山姆还是唱了，里克有些恼火地走过来。于是，在动荡的卡萨布兰卡，一对有情人不期而遇，剧情慢慢展开。

爵士风格的《时光流逝》起初是舞台剧Everyone's Welcome中的一首曲子，作曲家是赫曼·哈普菲德。该剧在1931年已停演，歌曲也已经被人们淡忘。由于一时找不到合适的插曲，导演便拿《时光流逝》临时代替。

影片完成时，马克斯·斯坦那(《乱世佳人》的作曲者)想为影片重写一首主题歌，无奈档期紧张，英格丽·褒曼亦已剪掉长发，电影不能重拍，不得已，便保留了影片中扮演乐师山姆的杜利·威尔逊的翻唱。

非常出色的演唱，杜利·威尔逊也因为这首歌而英名不朽。

You must remember this,（你必须记住，）

A kiss is just a kiss,（亲吻就是亲吻，）

A sigh is just a sigh,（叹息就是叹息，）

The fundamental things apply, as time goes by.（随着时光流逝，还是那一套。）

爵士风格的内心独白，是里克不可碰触的伤痛。

公平地说，《时光流逝》同样十分切合电影剧情，老派、深沉、无比伤感，更适合穿着西装和晚礼服的人们。

And when two lovers woo, they still say I love you.（情侣们相恋，照样说：我爱你。）

是的,过去、现在、将来,从巴黎到卡萨布兰卡,玫瑰凋谢,生命消逝,无法忘怀的,是动人传说,深情拥吻。

歌曲中的卡萨布兰卡,美好到让人心碎。

四

真实版的城市,在大西洋岸边已经存在了上千年。这是第三重意义上的卡萨布兰卡。

欧洲后花园,北非巴黎,迟暮美人……它身上贴满了标签。

习惯按图索骥的游客难免失望,它没有想象中那样干净整洁,美轮美奂。它新旧混搭,有点喧嚣,有点混乱,但是可以触摸,可以穿行其间。

电影其实连一个镜头也没有在这里拍摄过。

战争时期,作为"世界三大谍都"之一的卡萨布兰卡,错综复杂的政治力量在这里交织、缠斗,迷宫般的街巷里暗流汹涌,精明的好莱坞人自然不愿涉足险地。

作为城市的卡萨布兰卡就是名片、背景、虚拟二次元或梦幻MV。

电影于1942年11月26日在美国上映,大受好评,人们争相观看，并引为当年的时髦之作。

顺理成章，1944年第16届奥斯卡奖颁奖典礼上，电影荣获了最佳影片、最佳导演、最佳剧本三项大奖，及最佳男主角、最佳男配角、最佳摄影、最佳剪辑、最佳配乐五项提名。

卡萨布兰卡这座城市，由此迎来了它的第二个春天，成为游子追逐梦想、少年邂逅爱情、老人化解思念的非洲名城。

无中生有的里克咖啡馆，也出现在距离海上清真寺不远的街角，以酷似电影道具的面貌迎接八方宾客，慰藉他们怀旧的心绪。

这幢殖民地风格的老宅第，楼梯、大堂、餐厅都尽量仿照电影中的场景。不间断播放的音乐是As time goes by（《时光流逝》）；屏幕上滚动播放着黑白电影；没有人买卖外交信件；钢琴就是钢琴，没有隐藏通行证；没有作弊的赌场和抽成的警察局长；没有盖世太保随便抓人；没有人高唱《马赛曲》。

人们来这里冥想、怀念。恋人十指相扣，低声交谈。烛光摇曳，咖啡和啤酒很贵。

这是圆梦的地方，是维系虚拟与真实的一个节点。整个卡萨布兰卡，因为这个冒名顶替的咖啡馆而昔日重来，平添了许多希冀和期盼。

这就是卡萨布兰卡，它以三位一体的方式存在着，人们一群又一群走进这里，微笑，忧郁，带着满足或失望离去，大多数人的经历，都不会拍摄成电影。

但是没有关系，卡萨布兰卡还在那里，具体又抽象，通过一部耐看的电影，一首好听的歌曲，一段不朽的传奇，传递出有关生命、爱情、勇气、人类正义和时光不朽的信心。

卡萨布兰卡，大西洋边一座和平又包容的城市。

任何一支世界强队,都别想轻易赢我们

刀口

少年心事当拏云,谁念幽寒坐呜呃。

一

我正与他面对面。

他身高近1.9米，壮实而健硕，衬得办公桌有些小；目光炯炯，谈吐温和，引证国内外行业资讯或数据生动准确，与他说话感觉像是在与学者对话。阳光从窗外洒进，在他脸上镀了一层暖暖的金色。平和的交流中，让我几乎忘却，他可曾是中国篮球界最霸气的那个人呢！

他就是李亚光。

1992年，在第25届巴塞罗那奥运会上，作为中国女篮主教练，他率郑海霞、丛学娣、李昕、彭萍等生猛女弟子一路过关斩将，拿下亚军，这是迄今为止中国篮球在奥运会上赢得的最高荣誉。

说到他的霸气，除赛场上的矫健敏捷、让对手生畏外，还有就是他在接任中国女篮主教练一年后，说过这样一句铿锵有力的话："我们不能轻易赢世界强队，但任何一支世界强队，也别想轻易赢我们！"

是年，他34岁，业界称其为"少帅"。少帅有性格、有脾气，敢讲真话，这在习惯说官话的篮球界语境里自然显得另类，于是有人认为他狂，有人认为他把话说得太满，"这小子，真是不晓得天高地厚啊！"一般的教练遭遇这种情况就偃旗息鼓了，但少帅偏不，继续放话："我狂吗？作为主教练，我清楚自己的实力，也知道不足在哪里，我清楚该怎样带领她们去为荣誉而战！狂不狂，拿结果说话！"

这话辩证而机智，按重庆话说叫"牛都踩不烂"。其结果，是中国女篮在巴塞罗那一战成名。

问他："为什么不打完比赛再说那些话呢？"

他大笑："事后再说叫马后炮，那还是李亚光吗？"

听其言，便知他乃个性男人。在精致的利己主义时代，假话遍地游走，人们于温良恭俭让中形成虚幻的明哲保身氛围，人人乐在其中。

可他偏不。

二

男人的成长是从少年开始的。

1971年春天，重庆市第58中学的操场上，一个身高1.8米的高个儿少年引起了体育老师蔡哲明的注意。他叫住少年，问："喜欢打篮球吗？"少年回答："喜欢呀，我在江苏就打球呢。"

一问一答后，李亚光进了校篮球队。

这年，他13岁。

重庆作为"大三线"的中枢城市，接纳了上百万"三线"移民，江苏镇江少年李亚光是其中之一。市58中属沙坪坝区管辖，李亚光就近入学，"其实它就是个农村学校，位于城郊，周围都是农田，学生也以农家孩子居多。"

问他为什么没读市一中——重庆一中始建于民国，是全市最好的中学，篮球是其传统强项。他坦承："我成绩不够好，进不了。我姐姐成绩不错，进去了。"虽未能进市一中，但李亚光在58中遇到了蔡老师，篮球天赋同样得到培养和发扬，也算一种幸运。

还在镇江时，从上海迁来的船舶学院落户李亚光家附近，学院的篮球赛引起了他极大的兴趣，一有空便去观战。这个高个儿少年对篮球的痴迷，引起船舶学院体育老师刘守古的注意。刘老师把他带进球场，边玩边讲解篮球的基本要领与技巧，遂成他的启蒙教练。到重庆后，李亚光发现篮球运动在这里非常普及，每所中学都有篮球队，而蔡老师和同学们的悉心帮助，让这个外乡少年感受到了温暖。

千里马和伯乐，总会有交集。

1974年春夏之交，在全市中学生运动会上，名不见经传的58中篮球队打进前三，身高1.88米的李亚光脱颖而出，引起广泛关注，重庆一中也向他伸开了双臂。"市一中确实来找过我，但我没去。我毕竟还是个孩子，感觉58中对我很好，我为什么要跳来跳去呢？没意思嘛！"

1975年，重庆体工队向他伸出橄榄枝，17岁的少年走上了职业篮球之路，"记得进体工队的测试在大坪中学进行，那时不兴家长陪送，我独自前往，顺利通过。"

1975年至1977年，李亚光代表重庆队出征全国比赛；1977年进入四川队征战南北；1980年，他进入男篮国青队，随后进入国家男篮，站上了更大的舞台。

少年心事当拏云，谁念幽寒坐呜呃！

前面，还有怎样的山与海？

三

1984年7月28日，美国洛杉矶纪念体育场，在8万观众的山呼海啸中，第23届奥运会拉开了序幕。

中国体育军团重返奥运赛场，引起全世界的目光，也让亿万中国人深感自豪。那一刻，在《三大纪律八项注意》的乐曲声中，中国队入场了。旗手王立彬高擎着五星红旗，引来全场的掌声。王立彬身后的红色西装队列中，有李亚光的身影。是年，他26岁，正是运动员的黄金季。

在洛杉矶，中国男篮打了7场比赛，仅获得两场胜利——一场是小组赛第二场85∶83战胜法国队，这是新中国男篮在奥运会上获得的首场胜利；另一场是复赛中76∶73战胜埃及队，这场胜利使中国男篮最终位居第十名。两场比赛中，李亚光分别砍下31分和23分，是中国队的头号得分手。赛后，世界著名篮球报《世界篮球论坛》将他评选为"最佳得分后卫"，入选奥运会最佳阵容，称其"技术特点是攻守全面，中远距投篮准确，突破能力强，善于用脑打球"。李亚光认为，打球必须动脑子，顽强拼搏是值得倡导的一种精神，但"不动脑子的拼搏最终只是白使蛮力"。

在高速运动中，既要动脑，又要技惊四座，还要用尽全力去拼，这对一个运动员是何等的考验！他在考验中敢打敢拼，被队友称为"拼命三郎"。

1986年，西班牙篮球世锦赛，中国男篮一共出战10场，4胜6负，最终在全部24支球队中位居第9名。李亚光在场上表现出色，共有5场比赛命中率100%，成为中国队的得分王。

"当时那支中国男篮，每个人都有自己的特点，都有上场的机会。我们将12个人的力量拧在一起，发挥出最大效果，赢得了荣誉！"忆及往事，李亚光颇感自豪。

1986年，他获得国际级"篮球运动健将"称号。

李亚光个性倔强，重精神，淡名利。"当年物质并不丰富，训练费一个月才100块。我们更追求精神层面的东西，看重祖国荣誉和个人荣誉，清楚自己的价值在哪里。1984年洛杉矶奥运会前，上面要我当中国男篮队长，我不当。为什么不当？我当不了，就不当。后来又让我当中国青年队教练，我不干，我干不了的事，为什么要硬干？"

那么中国女篮主教练呢？

"我接手了，因为我看好这批队员，我能把她们带出来。"说到执教能力，李亚光认为自己最大的特点仍是善于动脑筋，这和学习能力强有关，"我这人没其他爱好，不嗜烟酒，不K歌，不进舞厅，不打牌。但我喜欢看书，特别是历史、哲学、人物传记等，我都有涉猎。读书让人眼界开阔，让人融会贯通，如果一个教练只会自己专业上的那点儿东西，是带不好队伍的。"古人说"读万卷书，行万里路"，李亚光便是如此实践的。为总结篮球的成败得失，他十多次前往美国考察，边与美国同行交流，边思考中美篮球的差距究竟在哪里，改进的路径怎样去寻找等，这让他看到了许多人没看到也没思考过的东西。

1992年，李亚光第三次踏上奥运会赛场。这次他是以主教练的身份，率领中国女篮出征。比赛中，他以郑海霞为内线作防守屏障，将更多的出手权分配给外线的丛学娣、李昕、彭萍等女将，这几名外线球员满场飞奔，不断穿插跑位，最终中国女篮连克强敌，历史上第一次闯进奥运会决赛并拿下银牌。

四

1999年，李亚光荣获中国篮协评选的"新中国篮球运动50杰"。

李亚光笑称自己身上有"好胜基因"。"基因是父母亲给的，这没办法，改不了。我父亲性格倔强刚强，十几岁就在家乡当上乡长，那是抗日根据地，后来他参加了新四军。我父母亲都上过朝鲜战场，在血与火中经历锤炼。我继承了他们的基因，战求必胜，攻求必克。我是这样要求自己和队员的。事实证明，一个人若能真正发挥他的最佳精神状态和技术水平，这支队伍锐不可当！"

说到举国体制，李亚光认为，举国体制是竞技体育的基础，国家财力有限，只能集中部分人、财、物，以便有效地发挥作用。"我认为中国的竞技体育从某种意义上说也是一种国家战略，它对提振民族自信心、自豪感，提升国家地位，是有价值的。"他话锋一转，又说，"而全民健身和竞技体育就像人的左右手，不可偏废。我们说的体育大国，关键就看全民健身的落实程度；体育强国则看竞技体育的发展，两者应该是融合的，绝不是对立的。"

李亚光现任中国篮协副主席、重庆市体育局副局长。从镇江出发到沙坪坝，又从沙坪坝出发到巴塞罗那，46年光阴荏苒，历史在轮回，但生命已然跃升。这就是一个体育人，把他的青春和汗水都奉献给了心爱的事业的故事。

我们，能读懂他的心路历程吗？

出发,总会有所抵达;探索未知,前方常常有美好的意外相伴。

裕固玫瑰

刘燕

一

见到柯璀玲,是在她的裕固族特色村寨里。

她跟我们时常见到的逛菜市场、跳广场舞的阿姨没有太大不同:一头鬈发,衣着鲜艳,但所处的位置提醒我们,她是一个有故事的人。

裕固族是甘肃特有的少数民族之一,人口约有1.4万,信奉藏传佛教,主要从事畜牧业,兼营农业,崇尚骑马和射箭……

说起一屋子展品,柯璀玲滔滔不绝:"这件是过去大户人家用的牛皮箱子,这件是我走了很远的路从牧区收来的,这件是我们裕固族过去烧水用的……"

这间100多平方米的展厅里,展示着她40多年来收藏的裕固族文物、器具、服饰的一部分。藏品种类丰富,不乏珍品,但她不以经济价值为判断依据,她最看重的是藏品蕴含的文化内涵。

柯璀玲14岁那年,她的母亲指着游牧所需的一些物件说:"这些东西,你们以后都用不上啦,可能都不知道是做什么的了。"就因为这句话,柯璀玲开始了收藏之旅。

一开始是无心之举,后来她意识到,这些老物件能够直观地反映民族的文化;再后来,她开始抢救性地学习皮雕、刺绣等民族技艺。现在,她掌握了16项裕固族传统手艺,是裕固族服饰的国家级非物质文化遗产项目代表性传承人,也是裕固族皮雕的省级非物质文化遗产项目代表性传承人。

她不知道40多年后收藏会大热,她的藏品引来数位收藏家的光临品鉴;亦无法预料自己能成为民族"非遗项目"传承人,连上海大世界开业都要邀请她剪彩。

二

初中毕业,牧民的女儿柯璀玲做了"马背上的老师",后去张掖师范学校学习一年。在这之后,她一直坚持做一件事:准备参加高考。她考了8年,终于在1987年,考到了西北民族大学油画专业。

我吃了一惊——多少人读书只为找工作,多少人成了家就停止自我成长,可在偏僻的肃南草原,在遥远的20世纪80年代,柯璀玲有了稳定的工作,成了家,有了娃,还自费去读了大学。

"我是有特困证的，"她笑着说，"大家都知道我收这些东西，哪里有老物件都来跟我说。工资都用到这上面了，虽没有万家账，但也欠了一屁股债。一度听到有人敲门就心慌，生怕是来讨债的。"

带着孩子上大学的艰难自不必说，毕业后，柯璀玲回到肃南县博物馆。

日子就这么波澜不惊，柯璀玲搞收藏，整理裕固族的服饰、饮食、音乐，学习制作皮雕、佩饰，充实而忙碌。

但她一直是"我行我素"的：1992年，她去深圳参加了中国首届民族民间小型旅游商品博览会，让裕固文化第一次走出甘肃；1993年，她带着裕固族牙帐，在兰州建立起西北第一家少数民族民俗文化展示景点。

1996年，柯璀玲听说台湾邀请大陆有手工技能的人赴台展出，就申请办理入台证，直到1999年6月才办好。转道香港赴台湾前，她身上只剩1200元现金。同屋人讨论自己带多少钱过来，有带3万的，有带4万的，柯璀玲没好意思搭话。

在台湾的第一天，她的产品卖出去很多。收到的有台币，有美元，她躲在厕所里，一边数一边算。晚上，她打电话给家里，哭得泣不成声。她说："我赚钱啦！"又问，"你猜我今天赚了多少钱？""500？"先生猜。"6000

多！"她大哭。这是一个没有人敢相信的数字，但确实是她创造的又一个奇迹。

三

总有一些人是带着使命而生的，于柯璀玲而言，保护、推广裕固族文化，就是她的使命。

退休后，她创办了尧熬尔原生态文化传承有限责任公司——"尧熬尔"是裕固族人的自称。她贷款270万元，修建了裕固族特色村寨。对于这位58岁的老人来说，这是她40余年专注于民族文化的一次成果集合，以及事业的再一次出发，需要从头开始的勇气。

我们总以为，年龄、地域会限制一个人的眼界和思路，但柯璀玲总让人有意外之喜。

说起裕固族皮具，她坚持一定要走手工制作路线——她见过民族手工走机器大生产路子之后的结果，只能是大规模量产，价格下降，手工技艺失传，这是她不愿意看到的；她忧心民族的语言、技艺失传，办了培训班，邀请年轻人参加；她穿的衣服既得体、时尚，又有裕固族元素，是她自己的工作室设计制作的，她尝试用时尚、亲切的方式让裕固族文化融入现代人的生活。

在现在的肃南裕固族自治县，年轻人结婚，会穿上民族服饰拍照，而非像前些年那样拍西式婚纱照；越来越多的人认可了柯璀玲和她的努力；每年夏季，有来自全国各地，包括台湾、香港的年轻人，住进原生态民族村寨的牛头帐篷里，感受裕固族风情。

这一切，都起源于一个14岁少女的率性之举。

见到柯璀玲，是在为"读者·秘境之旅"踩线的第四天，我们为康乐草原和裕固族文化长廊而来。

她让我们相信：出发，总会有所抵达；探索未知，前方常常有美好的意外相伴。

法国的冬夜：
热红酒和旧大衣

张悦芊

我们举起酒杯，看见雾气从杯中升腾起来，随后消失在雪夜里。

法国的圣诞活动开始得很早。大约11月末，相邻的城市就把花花绿绿、金光闪闪的海报贴到了我家门口，于是我约了好友前去猎奇。

我的居住地Ville虽然是城市，但放在中国，怕是连普通的乡镇都比不上。平日里跑步，一不小心就看见路标上写着另一个城市的名字。所以，我们决定步行去相邻的城市参加活动。

当然这只是一个达成共识的体面的借口。花欧元的日子总是很窘迫，1.5欧元（1欧元约合人民币7.34元）的车票我们虽然支付得起，却总会让人在换算成人民币后暗暗有几分犹疑。

简　食

在法国，我们节衣缩食的方法真是数不胜数。

Ville市中心有两三家中型超市，走路去极近，但我和吕雪琪是极少去的。

我们常去的，是隔壁Cusset市的家乐福。那家超市极大，东西大多便宜一些。

家乐福每天都有不同的水果在打折,今天是3欧元4斤的橙子,明天就变成了新鲜的香蕉。春天时,一两欧元就能买到一小筐西班牙的草莓。

那时,我们的日子过得非常健康,高昂的物价迫使我们只吃应季果蔬。我爱极了鳄梨抹法棍,刚去法国的那个秋天,我每天都可以吃一条。后来秋意渐浓,货架上墨西哥进口的热带鳄梨还在,只是一个6欧元的价格我再也承担不起,遂放弃往日最爱,煮一把意面,拌番茄酱过活。

在家乐福的一个小角落,摆着一些冷冻的动物内脏,中国人喜食的猪蹄也在其中。牛心、猪肾等法国人从不正视的东西被堆在一边,贴着0.99欧元的价签。牛心可以炒菜,猪蹄可以用小火慢慢炖——很多个午后,我都挤在吕雪琪洒满阳光的床上,看她拿着一只勺柄看起来很烫的金属汤匙,缓缓搅动着锅里的猪蹄,就这样度过一整个下午。

旧 衣

再探索,就是各国穷人都喜爱的旧货市场了。

有些贩卖破旧古物的店仍带有没落贵族的傲气,比如在巴黎最著名的几大旧货市场里,一个旧盘子都会标上有手写年份和价格的标签放在橱窗里，实在是无法圆一些穷游者的纪念品梦想。

这样的店在Ville也有很多，但我的朋友们在街角发现了一家真的很便宜的旧衣店。

朋友一开始不知道店里卖的衣服都是旧衣服，只看到许多外套的价格只有两三欧元，遂好奇询问店主货源。店主说："是一些店铺没有卖完的'尾货'。"后来，朋友又问起在法国生活了多年的同学，同学一语道破："当然都是旧衣服啦，只不过哪儿有店主好意思承认啊。"我倒总是大大方方地去逛，有时换季缺衣服，下意识想起的就是这家旧衣店。

在这家店里，可以看到许多很久之前流行过的款式。拉链稍稍磨损的美式夹克衫，缝着圆纽扣的过膝连衣裙，还有褐色的灯芯绒裤子。我在这家店最满意的收获是一件浅灰色的皮毛一体的大衣，拴着青色牛角扣的皮绳已经有点儿磨损，整件衣服非常厚重，拿在手里像抱着一头熊。

买下它我大概花了15欧元，它一下子塞满了我的箱子。我就这样穿着它和布鲁塞尔的原子塔合了影，也倚仗它在鹿特丹寒冬的风口里深夜狂欢。

我对它记忆最深刻的一幕是在圣诞节前夜。那时我买了一张廉价的清晨车票去德国，前一夜我到达里昂车站，没舍得住

50欧元一晚的酒店,又被从夜晚关闭的火车站赶了出来,我就这样在公交站旁的凳子上坐了一夜。

深夜两点,在星辰渺茫的夜幕下,我或许是这条道路上唯一清醒的灵魂。

因为捉襟见肘的预算,我乘坐过无数次红眼航班和无座的夜车,但唯有这一次是真正暴露在寒夜里,只有这件大衣与我相依为命。

它包裹着我瑟瑟发抖的身体,为我抵挡寒风和黑夜渐深的不安。我不再像第一次为省钱而熬夜时那样愤愤立誓"再也不为几百块钱折磨自己",大约是明白了生活中总会充满难以忍耐的窘迫,在转机出现之前,任何痛苦的呼号和不甘都只是徒劳,不如省下力气熬过这一段黎明前的黑暗时光。

那个夜晚,我在它的怀里一夜未眠,直到晨曦和那列向北的列车一起到来。

那个冬天我最习惯的气味就是大衣上经久不散的消毒水味。在弗莱堡黑森林山巅的烈风里,在苏黎世湖边的天鹅群旁,在洛桑雪山湖畔的余晖里,我蜷缩在它安全的臂弯里时,总会禁不住猜想它原来主人的模样。

是能轻松扛起书籍和木箱的装卸工人,还是懒于装扮只想裹件大衣了事的高挑女郎?它是否曾去过挪威、瑞典、芬兰,甚至看过冰岛的极光，还是如现在一样，在数不清的寒夜里僵硬地睡去，又在新一天的清晨里苏醒？

在这样漫无头绪的遐想里，法国的冬天终于过去，而我也终究没能把它塞进那早已超重的行李箱里，它成为我唯一不知该如何处理的东西。

最后，我将它挂在了空荡荡的衣柜里，它还像第一次见面时那样，于衰老中带着拼命苏醒的坚挺和灰尘的颜色。

临走前，我放下行李箱拥抱了它，拥抱了我亲密的、散发着消毒水气味的友人。

新　年

虽然跨过边界就已到达相邻的城市，但集市却在很远的地方，我们四个人走了一个多小时才看见热闹的人群。

有提着松果、松针、花环的女士快步走过，听完我们错误百出的问句，笑盈盈地指一指前方，说："C'est pas loin."（不远了）我们终于放松了，不再担心迷路，重新拾起逛集市的悠闲心情来。

小城市的圣诞集市热闹非凡，大约有足球场大小的空地摆满了摊位。寻常的饼干被裹上红绿条纹的奶油，放在好看的纸

065

冰天雪地中

一个亮着灯的小木屋

我愿为这温暖付出一切

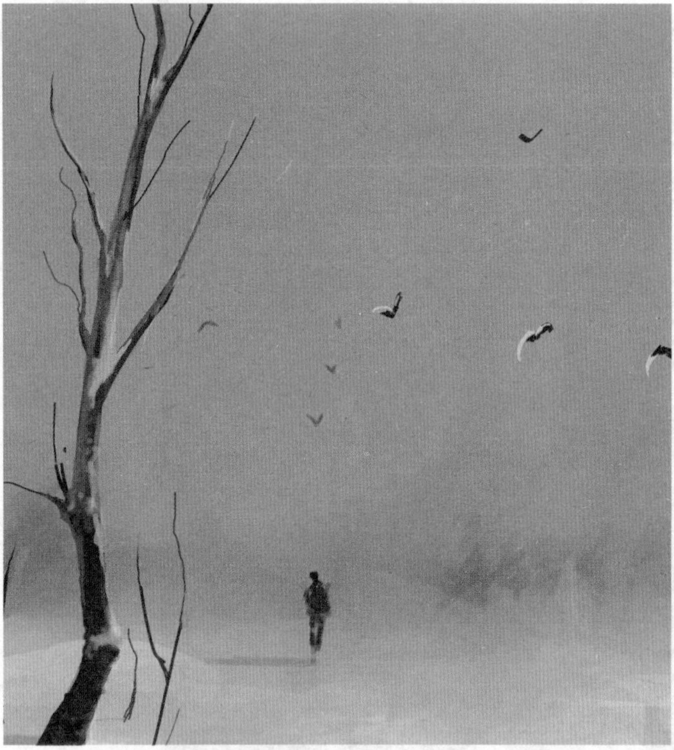

袋里；手工编织品的主角也一律变成了圣诞老人和驯鹿，那驯鹿仿佛正拉着雪橇神气地奔驰在雪原上。我们买了一块平常的苹果挞，大约是饥寒交迫的原因，它格外美味，我们一人一口吃掉了它，又去买了一块一模一样的。平日里斤斤计较的卡路里被抛诸脑后，节日就是要用巧克力酱淋华夫饼吃才够惬意呀。

我们站在炒栗子的小摊前，对着"3欧元10粒"的价格怀念起祖国，转眼又被角落的"热红酒"标牌吸引过去。

天空飘下第一片雪花的时候，我们举起暖得烫手的纸杯，红酒的热气蒸腾着我们闪闪发亮的脸。

成年人的相逢总是肆意尽欢，作别后抖抖肩上的雪，从此杳无音讯。我们大约也明了这一法则，没人提及三天后的离别，仍然兴高采烈地对一切啧啧称奇。

"新年快乐啊！"

我们举起酒杯，看见雾气从杯中升腾起来，随后消失在雪夜里。

塞班の小时

另维

生命也是这样,那些清楚并坚持自己的目的、不被左右的人,才有可能看到最想看的风景。

在海上漂了整整三天，第四日清晨，船抵达塞班港口，美国签证官坐在船上给护照盖章。

出行前，我问Thy前辈："能去的热带岛屿有14个，要怎么才能玩出不一样？"他说："每个人都有自己的答案，我的答案是去看别的岛屿没有的风景。"

到达塞班站，"朋友圈"风起云涌，海滩被长枪短炮和修图软件展现得像天堂——阳光灿烂，映得沙滩泛着柔柔的金光，海水因为珊瑚礁丛生而七彩斑斓。

邮轮清晨6∶30靠岸，出关下船时已经9∶00，返程时间是15∶00。在塞班6小时，留给哪里才不算辜负？

Thy前辈想去看喷水海岸——那里的礁石是由火山熔岩形成的，形状奇特，里里外外都是洞，海浪冲进洞里，会呈柱状从石头缝里喷出来，像鲸鱼喷水。

我想看原子弹遗迹。

两处景点碰巧都在天宁岛，去天宁岛只能坐飞机，于是我和前辈直奔塞班国际机场。

飞机很小，机身还没我高，算上驾驶员，飞机上至多能挤进5人，乘客要踩着机翼从副驾驶位钻进飞机，再爬到后座上蜷缩起来。单程只飞10分钟。

等飞机时，好心的当地人提醒我们，天宁岛太小，没有公共交通设施，也没有出租车，只能在机场租车。前辈没带驾照，我的驾照已经过期，怎么办呢？

小飞机在塞班上空摇摆的时候，我问身后的乘客："你们是游客吗？去景点吗？我们一起租一辆车分摊车费怎么样？"

他们一个是原住民，一个是6年前从芝加哥来此游玩，然后再没离开的移民，都是去天宁岛工作的，不顺路也没时间。

下了飞机，我只好去和租车行的老板娘交涉。

"你想多赚一点儿钱吗？我们不仅想租你的车，还想租一个司机，带我们去两个地方，只要一小时，10美元。"

"20美元。"

"成交。"

老板娘叫了一个在门口玩耍的小姑娘开车，我和前辈成功上路。

小姑娘家世代生活在天宁岛，她早把岛上的一切摸得滚瓜烂熟。天宁岛的主干道和小路没有区别，都是土路浸着积水，道路两旁是两人高的茂密的草丛。她抄近道，三下五除二就开到了目的地。

整座岛荒无人烟。

前辈是个老顽童，一看到瑰丽景色，就紧握相机不管不顾向前冲，在离喷水海岸不到两米的位置，他一只脚踩一块礁石，海浪一波一波打在他的脚下。我看他的位置有点儿危险，想站得离他近一点儿，好有个照应。没想到还没走到他旁边，水柱就从岩石缝隙中喷出来，我顿时浑身湿透。阳光下，彩虹伴着下落的海浪迅速出现又迅速消失。海水咸咸的，竟有些可口。

前辈说，天宁岛是地壳提升形成的，地质结构以沉积岩为主。这里的礁石和洞穴是沉积岩的质密部分和珊瑚化石形成的，表面的质松部分已经解体了。海水这样凶猛地拍打它，已经拍打了上百万年。

我蹲下身抚摸礁石，像质感坚硬的海绵，布满大大小小的洞，海螺和贝壳黏在上面，触感很尖锐，除此之外，真没瞧出什么不一样。

真的要懂很多，才能看懂这个世界美在哪里，否则行万里路也不过是邮差。我又有些自责积累不够了。

因为读过很多有关二战历史的内容，又亲眼见过广岛和长崎的爆炸遗迹，当我在丛生的杂草里找到存放"小男孩"和"胖子"（1945年美国投放至广岛和长崎的两枚原子弹的代号）的洞坑时，我仿佛置身于两个时空。

残留的房屋都是完整的，井然有序地坐落在一大片空地的边缘，标牌把它们的用途写得很清楚：控制室、防空洞、宿舍、原子弹装载地。在那个硝烟弥漫的时代，空地上一定每天都站满了战士，他们的战靴扬起尘土，他们运送、保护着谁也不知会有多大能量的两颗原子弹。不知那时的他们有没有闲暇，靠在空地旁的树上，开一开贱贱的玩笑，想一想心爱的姑娘。

他们或者战死了，或者老去了，这里只有树还在。此时此刻，空地之外，绿树成荫，阳光洒进枝叶的空隙，似乎伸手就能抓到暖意，蓝翼白头的鸟儿在枝丫间矫健地跃动，野花盛放。多么安宁的小岛，热风吹拂，没有人迹。

我记得广岛原子弹博物馆里，日本人对原子弹的控诉。

国际上有公约，出于人道主义，轰炸都需要提前几天告知被轰炸地，给予无辜的百姓逃命的时间。然而原子弹第一次投入使用，专家也不确定是否能够成功爆炸，便选择了不说。于是，1945年8月6日和9日，当平凡的百姓以为自己即将开始平凡的一天时，我脚下的土地上，却正筹备着人类史上前所未有的轰炸。

我走出这片空地，走到前方更大的空地上，这次的空地一眼望不到边——那两架装载了原子弹的飞机,正是从我脚下的空地起飞的。

天空万里无云,一条废弃的飞机跑道,威严而安详地睡在茂密的草丛和树林里,有些凝重,仿佛从飞机起飞的那一刻起,这里的凝重再未散去。

司机小姑娘百无聊赖地坐在驾驶座上低头玩手机游戏。

我问她:"你站在世界现代史转折点的中心,没有特别的触动吗?"

"没有,我在这里学的开车。"

旅行,当真是从自己待腻的地方,去一个别人待腻的地方。

但还是要去。爱过的人,学会的知识,看过的风景,走过的路,装进心里的感受,有了它们,生命才会变得沉甸甸的,有了重量。

看完了最想看的风景,感受了最想感受的历史,我们按时返回歌诗达邮轮。塞班之行,洗刷了这些日子里徘徊在我心里的愁云。

有一件事让我印象很深。

早上,走出邮轮的时候,我和前辈迅速被一群当地的出租车司机围住,我说我们要去喷水海滩,他们说太远了时间不够,要载我们去看海滩,看珊瑚,购物,环岛游,热情似火,说一段话打一回折。

许多游客都上车走了,前辈摆摆手,顶着太阳继续前行。司机在身后喊:"这儿很荒凉,你们哪儿也去不了!"

前辈说:"这些司机极力劝说和诱惑我们,是为了实现自己的目的。而我有我的目的,和他们的目的不同,所以不要浪费彼此的时间。"

我想,生命也是这样,那些清楚并坚持自己的目的、不被左右的人,才有可能看到最想看的风景。

果然,刚一离开港口,我们便招到了去机场的出租车。

穿越7000公里的旅程

樊北溟

> 与每一个场景的相逢,与每一位陌生人的相遇,是我在漫长旅程中最喜欢的部分。旅行的趣味正在于此。

2016年夏天,我从涅瓦河畔出发,一路向东,沿着西伯利亚大铁路穿行。经喀山、叶卡捷琳堡抵达伊尔库茨克。继而南下,经乌兰乌德抵达蒙古国首都乌兰巴托。全程7000公里,历时28天。

从莫斯科出发,火车驶入西伯利亚大铁路的怀抱。这条1916年通车的世界上最长的铁路,西起东欧平原,在乌拉尔山跨越亚欧分界线,途径西西伯利亚平原、中西伯利亚高原,最终抵达太平洋沿岸的重要港口城市——符拉迪沃斯托克。火车飞速前进,景色次第切换,使得这趟历时164小时、长达9298.2公里的漫长铁路线,更具漂泊的意义。

与中国采用的宽度为1435mm的标准轨不同,俄罗斯采用的是宽度为1524mm的宽轨,这也正是莫斯科—北京的20次国际列车、莫斯科—乌兰巴托—北京的004次国际列车分别需要在满洲里和二连浩特换轨的原因。

体验俄罗斯铁路

为了让自己对俄罗斯铁路的体验更加深入，我分别搭乘了俄罗斯的郊区火车、高速快车（类似于国内高铁）以及长途列车，依次体验了一等座、二等座、三等座等不同座席的车厢。由于俄罗斯的习惯是车次的号码越小，车上的条件越好，所以"俄罗斯号"02次、60次、70次和穿越中蒙俄的"中华第一车"004次，成了我的选择。

车次之外，不同的座席也对应着不同的车厢条件，1 л 车厢每个包间可容纳两个人，2 у 车厢每个包间可容纳四个人。独立的包厢带锁（有些甚至还配有单独的保险箱），进出需要刷卡，配有召唤铃。上铺不用时可以折叠起来，铺位的下面还可以翻起来放行李。

包厢内有插座、温度计、电视，提供Wi-Fi、餐食、洗漱用具和报纸。3 у 车厢没有包厢，车厢中每六个铺位（上铺两个、下铺两个、边铺上铺一个、边铺下铺一个）被划分为一组。边铺的下铺可以折叠变成桌椅，空间利用得很科学。有些列车还有硬座车厢，座椅与香港铁路的一等车厢一样。

总体而言，俄罗斯铁路在速度、车厢卫生、舒适程度以及购票体验等方面，均是优于中国铁路的。在一个购票网站上，乘客可以提前购得45天内的除郊区火车及国际列车之外的所有车次的车票。据说当年为了筹备索契冬奥会，该网站还特意推出了英文版网页。但让人郁闷的是，通常只有使用俄罗斯境内银行的信用卡才能支付成功。根据选购日期的不同，车票还会有不同的折扣，只是打折规律不甚明晰。

颇为人性化的是，购票者可以自主选择铺位，而且可指定同包厢内的乘客是否为同性，还能提前预约残疾人及宠物设施。还有一个小秘密——尽管俄罗斯铁路方面规定禁止带酒上车，但是俄罗斯火车的桌子底下带瓶起子。

与中国铁路相比，俄罗斯铁路的商业化氛围更浓，除了餐车之外，还有车厢商店和各类列车服务。所有消费均可以刷万事达卡及VISA卡。所以旅行全程，你需要做的事情只有两件：一是对所在车厢的列车员唯命是从，二是盘算如何打发严重过剩的时间。

体验西伯利亚大铁路

不同于如今游客的蜂拥而至，沙俄与苏联时期的一句"流放西伯利亚"，足以让原本无望的人生就此绝望——蛮荒的环境、恶劣的气候、稀少的人烟，为即将前往这里的人们的命运盖上了苦难的印章。

如今的旅行条件早已得到改善。二等车厢会提供如飞机餐般的简易餐食，一等车厢甚至还能冲凉。只要资金充足，你可以在餐车上畅享还算过得去的俄式菜肴，也可以在沿途的站台上买到新炸的肉饼和甜到令人忧伤的冰激凌。唯一要留意的是那些喝酒的人，尽管火车上全程禁酒，但沿途的小贩依然会偷偷地售卖各类度数很高的酒。对俄罗斯人来说，喝酒是最好的社交手段，而酒精似乎是最好的显形剂——看看那些在餐车里一脸无辜地死拽着冰箱门的酒鬼就知道了，他们的渴望正如伏特加般纯粹。

由于俄罗斯幅员辽阔、人口稀少，在西伯利亚大铁路上，车站之间的距离非常大。通常列车在莽原上不知疲倦地飞驰三四个小时才会停歇一次。于是，每当火车快要到站时，车上的人们纷纷走出包厢，伸长脖子盼望着。等到火车缓缓驶进站台、停稳，所有的人都会蜂拥而下。在众多下车的乘客中，挤向商店、补充给养者有之，着急点烟者有之，使劲扭腰伸臂、活动筋骨者有之，更有旅游者抓紧一切时间记录拍照。当然最幸福的莫过于顺利到达目的地的人们，这是最难以言说的、真切扎实的幸福。

火车旅行像一种缓慢的、诗意的抒情：时而群山莽莽、大河浩荡，时而百花繁茂、绿草苍茫。秀美的白桦、繁盛的百花、夺目的红柳、金色的沙棘、连片的酸浆……远处金灿灿的黄花和近处摇曳的天使草，所有的一切，都吸引着我的目光。奔波的旅途中，远望、读书、聊天儿、吃饭，都成了打发时间的方式。随意消遣、肆意浪费时间是此行最奢侈的部分。还有更多的时间用来昏睡，像沉入寂静的海底。

考虑到旅程漫漫，我在鞑靼斯坦共和国首都喀山、乌拉尔联邦中心城市叶卡捷琳堡、伊尔库茨克州首府伊尔库茨克和布里亚特共和国首都乌兰乌德分别下车稍作停留，再上车，继续旅行。这样的安排，在行程被分割的同时，也淡化了时差对作息的影响。在乌兰乌德，我与西伯利亚大铁路就此分别，转而南下，抵达蒙古国首都乌兰巴托，而旅途中乘坐的是仍然烧煤的、漏风的004次"中国第一车"。

中国第一车

终于逃离了舌头翻卷、语气生硬的俄语环境，听到了列车员的京片子。列车员室内摆放着的锅、铲和"老干妈"，厕所角落里出现的白猫牌洗衣粉，都让我倍感亲切。

"中华第一车"自1960年5月24日正式通车以来，沿着北京——乌兰巴托——莫斯科的线路不断往返,至今已经奔跑了56年。然而这列火车的硬件设施并未能与时俱进。

由于车厢不是密封的,夏天的风扇和冬天的煤炉便显得格外重要。我乘坐时尽管是夏季,巨大的温差也让中午挥汗如雨的乘客,在半夜时分紧紧裹住盖在身上略短的毛毯。这趟车唯一值得体验的是餐车——"中华第一车"在中国、蒙古和俄罗斯境内分别挂该国的餐车。所以,俄罗斯餐车的吧台、蒙古餐车的豪华,均颇有可观。

列车继续向前,随着车速逐渐放缓,手机的信号格也逐渐变弱,火车终于稳稳地停在了俄蒙边境。尽管无须换轨,这列列车仍然要完成拆卸餐车、离境检验等诸多烦琐的事项。率先登车的是挎着破旧皮背包的工作人员,她操着蹩脚的英语问我要护照,比对了照片后,她态度和善地收走了护照。检查员手持着手电筒在车厢内仔细搜寻:翻行李、敲暖气、掀床底、开厕所,不放过任何一个地方。等到一节车厢被彻底地检查过后,汗已经浸透了他厚重的制服。据列车员介绍,现在的检查还不是最严苛的。更早些时候,俄罗斯海关的工作人员会预先在角落里藏匿一些木制刀枪,借以考察查验员的工作是否足够细致。停车已三个小时,离境检查仍没有完成的希望,停了风扇的车厢像一个巨大的蒸笼,空气中飘浮着复杂的味道。离境检查完成后是蒙古边境的检查。等到一切检查终于结束，时间已近午夜。我疲惫不堪地和衣而睡，前方仍是漫漫征途。

一念起，便是远方。最动人的，不过"欣然起行"四个字。

在我的脑海中，一直有这样一个清晰的场景：列车一路东行，沿途的风景不断切换——森林、麦田、高地、缓坡、蓊郁的树、繁茂的花……镜头捕捉的效果总不及目光所看到的，自然的画布慢慢铺展开来，像极了在特列季亚科夫美术馆看到的油画。与窗外的景物不断切换相伴的是时区的不断变更。虽然俄罗斯境内的铁路统一采用莫斯科时间，但俄罗斯辽阔的国土横跨了11个时区，于是，当东边的符拉迪沃斯托克旭日已升，西边的莫斯科可能才夜幕初降。大概是莫斯科时间晚上10点、当地时间凌晨3点的时候，我的对床新来了两名乘客。借着走廊里微弱的灯光，她们窸窸窣窣地放行李、套被套、铺床。恍惚中，我仿佛听到了某种鸟的啁啾声。

旅行的趣味正在于此。与每一个场景的相逢，与每一位陌生人的相遇，是我在漫长旅程中最喜欢的部分。如此漫长的旅程，如此短暂的一生，正是这些生动鲜活、丰富有趣的经历不断充实了我的人生。

选择在罗马待四天以上,你就会像我一样,陷入一种巨大的自我怀疑中:我为什么要坐在这里发呆?

罗马

头马

一

如果来罗马前有一件事你必须要知道,那就是在罗马,千万不要相信公共交通系统和谷歌地图。除了亲自验证,你根本无法知道从一个地方到另一个地方到底要花多长时间。

此刻,我坐在罗马中央车站月台的地上,等待一班开往蒂沃利镇的火车。地上说不上有多干净——火车站,罗马,你想想看。但我早就放弃抵抗,从五天前走出罗马机场的那一刻开始,我已经说不清多少次不假思索地坐在地上了。此刻,我目不转睛地盯着远处的火车时刻表,已经晚点20分钟了,但那个电子显示器上我将乘坐的车次后头仍然紧跟着"延误"。

"我还得等多久?"

"抱歉,孩子,我也不知道,我想你只能等着。"

"好的。"

在罗马中央车站月台出入口处查票的通勤人员异常忙碌,这里可能是整个欧洲大陆唯一一个还在依靠人力完成这项工作的国家。

实际上，从"高冷富贵"的冰岛搭乘一班经柏林中转的夜班飞机到达罗马，在从机场出来的一刹那，我就倍感亲切：机场内混乱嘈杂，各种私营机场大巴让人目不暇接，若有若无的汗味在太阳下缓缓蒸腾……

而在来到这里之前，我只会将意大利和文艺复兴的古典、费里尼的浪漫，以及高深莫测的时尚界联系在一起。

二

这是我在罗马的第五天，也是最后一天。今天是周一，我选择坐一趟耗时一小时的火车前往位于罗马东北方向约30公里的蒂沃利镇，参观哈德良皇帝的花园别墅，原因只有一个——我在罗马已经待不下去了。

火车终于进站了。在我重新站起来，赋予自己作为人类的权利之前，我真应该好好想想这件事——今天是周一，那么，我就会意识到，周一是绝大部分博物馆和景点的休息日，而不是背上背包一口气冲上火车。

从蒂沃利镇又小又破的火车站走出来，映入眼帘的是破败不堪的居民楼，墙壁斑驳的月台，几个无所事事、在车站边懒洋洋地晒太阳的意大利男人，以及一条将车站和小镇分割开的小溪……我试图在面前的丛林间找出一条路，以便走到河对面，但很快就被烈日下的蜥蜴吓了个半死。

任何一幅无聊的画面都会让我感到沮丧，然而北欧的无聊和意大利的无聊截然不同——当我走在斯德哥尔摩下午三点的阳光下，大街上空空荡荡，咖啡馆门外坐着相貌不俗的斯堪的纳维亚人，每个人的面前都放着一杯冰酒。那是一种文明而绝望的景象。而罗马的无聊是百废待兴式的——当我终于穿过一座狭窄的桥，踏上蒂沃利镇的主干道时，我心里有种莫名的感动：这里像极了我童年时生活的中国乡镇。更神奇的是，我竟然在一个国外的小镇上体验到了乡愁。

我迅速被这种乡愁袭击了。我坐在埃斯特别墅外面的石椅上，手里捧着几颗圆滚滚的无花果和一大盒车厘子，思索着除了被周一关门的各个景点拒之门外，还有什么收获能够让我觉得不虚此行，可以就此打道回府。

三

到罗马后的第二天，我预约了下午一点半参观梵蒂冈博物馆，因此打算在那之前把圣彼得大教堂参观完。一个教堂而已，一上午总够了吧？然而，当我早上八点多到达教堂门口时，来自世界各地的朝拜者已经排起了长队。

我可能是所有来这里的人里最不知道自己是来做什么的——在这之后的某个晚上，我和房东闲聊时，才知道梵蒂冈的各种明信片上那个微笑着招手的人是谁。

"你竟然不知道Papa是谁？"

"不知道。他是谁？"

"你真的不知道？！"巴西房客震惊了。

"不知道。"

"别问她了。上回住我这里的中国人也不知道Papa是谁。"房东说。

"那么他到底是谁？"

"你昨天去梵蒂冈没看到一个穿白衣服的老头？"

"看到了。他的照片到处都是。"

"就是他。"

最后，我上网搜索了一下，才终于搞清楚。"在中国，很少有人知道教皇是谁。"我说。

"不会吧！他是世界上最有权力的人，他就像是……美国总统一样的存在啊。"

"可是美国总统对我们来说也没什么意义。"

"好吧。"

我觉得罗马人把教宗看得无比高大,很难说是不是由于生活在"皇城脚下"的原因。

据说,深夜两点来梵蒂冈俯瞰整个罗马,才能真正体会到震撼,但我已经不打算把时间浪费在排队登顶上了。为了在一点半之前准时到达梵蒂冈博物馆门口,我必须在一个小时内解决午饭。

当我带着被汉堡填充的胃站在《雅典学院》《圣礼的争辩》和《创世纪》这些名画面前时,脑中唯一的念头是,赶紧拍了照片出去买一个冰激凌吧。据说,在意大利你吃不到难吃的冰激凌。

四

说到这里,你可能会问,我为什么来罗马?

我先去了冰岛,而当我研究完从冰岛出发的航班后,发现从那里去欧洲的任何一个地方,票价都一样贵,所以我想去一个没去过的地方,而且要是世界知名的大城市,要符合浪漫想象。然后,我来到了罗马。

但在从住处坐上一辆摇摇晃晃的公交车前往市中心的路上我就傻了——我路过了古罗马斗兽场和古罗马广场!我立刻假

装没看见它们,并暗示自己,刚刚看见的绝对不是那处世界闻名的历史遗迹。我在威尼斯广场下车,面对一个立着若干石柱的大土坑,我告诉自己,这片废墟不是罗马帝国时期的杂货市场,它们和历史没有半点关系,只是一片废墟。然而,周围随意安设的护栏还是昭告了它们的地位。我看着这片完美融入了居民楼的废墟,深深感到来错了地方。

好在罗马的食物抚慰了我,火腿、冰激凌、提拉米苏……当我酒足饭饱,手持一个巨大的冰激凌在老城区漫步,前一秒还在感叹罗马也没多少人,转了个弯后就被拥挤的人群震惊了。如果不是许愿池还露出了一点儿池水,谁也看不出那到底是个什么东西。拍照就别想了,你绝对不可能找出一个只有你和许愿池的角度。

后来我才发现,这种场景是在罗马的任何一个著名景点都会遇到的。就连电影《罗马假日》里奥黛丽·赫本摸过的那个傻乎乎的雕像前都排着长队。

至于我为什么连这里都造访了——你可能看出来了,选择在罗马待四天以上,你就会像我一样,陷入一种巨大的自我怀疑中:我为什么要坐在这里发呆?

我就是这么坐在卡拉卡拉浴场的废墟上发呆的。面前是高耸的浴场废墟,你得通过导览牌上的复原图才能明白:哦,这里当时有一扇大门,那里有一扇窗户,别看这里什么都没有,当年它可是一面墙壁!

我就那么坐在地上,与尘土同在。有时候,我会站起来拍拍屁股上的土,走过赛马场;有时候,我能在地上坐很久。几乎每天我都会路过通往西班牙广场的一条主干道,如果一路走下去,能看到道路两边的各种奢侈品店异常低调地开着;路口处有几个年轻男孩在跳街舞,他们每天都在。

唯一一个匆忙的夜晚,是我穿过羊肠小道去赴一个陌生姑娘的邀约。她在罗马学古典学,研究希罗多德。我们相约在台伯河沿岸的一家餐馆见面。一开始,我们都对这次约会感到恐惧,结果一见面竟有相见恨晚之感,一直聊到餐馆打烊。从餐馆出来已经是午夜,台伯河两岸的露天餐厅亮起了夜灯。那里人头攒动,热闹非凡,年轻人笑容灿烂,在音乐声中摇头晃脑,挤成一团。我突然明白了刚刚姑娘神采奕奕地向我描述的她对生活、对古典学和对罗马这座城市的理解。在那样的笑容里,不可能没有爱。我们开车穿梭在夜晚的罗马街道上,她一路为我指点、介绍着这座城市。分别时,她不好意思地说:"其实我本来非常抗拒出门。""其实你要是不联系我,我已经打算假装忘了这次约会。"然后,我们哈哈大笑。

五

我站在蒂沃利镇的主干道上,已经连续问了五个人,也还没弄清楚应该去哪儿买一张开往哈德良别墅的大巴车票。我甚至已经跳上了一辆大巴,但因为没有票又被赶了下来。司机坚决不收现金。

我将这个意大利的丰都尽数看在眼里,然后把最后一颗车厘子核吐到手上,扔进垃圾桶,沿着主干道向来时的路走去。

我决定了,我要回罗马。

姑娘，如果你想一个人上路

江凌

只有擦亮双眼，保持清醒的判断，你的旅途才会远离危险，充满奇迹，充满发现。

身边不少姑娘对我说:"凌,我好想一个人出去旅游,去国外,但我怕迷路,怕遇到坏人,怕体力不支,怕自己的英语不够好,怕突然出现解决不了的问题……顾虑重重,所以一次次放弃了。"

"No!你是真的想去旅行,还是在想象恐怖电影中的场景?世界上有绝对安全的地方吗?"

姑娘,如果你选择一个人去看世界,我想告诉你——

前方有天堂和天使,也有虎狼和陷阱。一些传说中很危险的地方,有善良的人们迫不及待地想帮你;一些传说中的世外桃源,未必真的与罪恶绝缘。只有擦亮双眼,保持清醒的判断,你的旅途才会远离危险,充满奇迹,充满发现。

姑娘,如果你选择一个人去看世界,我还想恭喜你——

恭喜你即将获得与自己独处、对话的时间,独自生存的技能,解决问题的能力,以及更加心平气和地去看世界,甚至是改变人生的机会。

独自旅行,是一次拥抱平时被遗忘的自己的过程。

变身"女汉子",发现平时拧不开矿泉水瓶的你,居然可以撸起袖子换车胎，问路、制定路线，打包行李更是不在话下。原来你比自己想象中的要更勇敢、更强大。

走在路上，你才会看到这世界是多么风景旖旎，天地辽阔，让人谦逊。

与不同的人交流，你会发现山还是山，水还是水，而人才是最值得纪念的风景。

我的朋友恐龙说："旅行的意义并不止于体验和目击，我们需要在旅行中发现自己，见识天地，理解众生。"

你在读一条路的时候，这条路何尝不是在读你？

愿你享受独自旅行的孤独和自由，在热闹时善于分享，在静谧时倾听内心。运气好的话，你会遇到一个与众不同的自己！

如何面对陌生男子的搭讪与邀约？

1. 穿着打扮不要过分性感（裸露永远不等同于性感）。既要乐于接受陌生人的好意，也要善于觉察不良的居心。

2. 当语言不通时，温柔的眼神和善意的笑容是最好的语言。

3. 理智面对搭讪。部分异性传递出的爱慕之情并非出自真心，他们仅仅是在享受征服的过程。

4. 受到邀约时，你要先了解一下前往的地点和活动的内容，了解清楚那个区域的治安状况、当地人惯用的骗术，做做功课再判断要不要去。

5. 避免与陌生男性在远离人群的地方独处。

如何应对性骚扰？

1. 不要随便向陌生人透露你的住址和行程细节。

2. 被问及是否独自旅行时，回答"不是，我在去找朋友的路上"；对带有骚扰意味的搭讪装聋作哑，假装听不懂，不接话；被问及有没有男朋友时，除非你已经对对方芳心暗许，否则回答"有"。

3. 不要独自在酒吧喝到烂醉，谨慎接受陌生人赠送的饮料和食物。

4. 关键时刻，一小瓶防狼喷雾或一个小型报警器或可救命，但切记不要误伤到自己。

女孩子方向感差，一个人怎么找路？

1. 常备地图，即便你分不清东南西北。

2. 推荐使用车载导航，最好同时使用两个以上的导航，因为有些路线的复杂程度，不是一个导航能够搞定的。

3. 注意看路标，路标比地图更准确。

如何搭车？

1. 在偏远地区搭车，尽量避免搭乘看起来很破旧、严重超载的交通工具和夜班长途车；遇到大雪、大雨等恶劣天气影响到路况的情况，不要冒险搭车；如果去偏僻的地方，可以让旅馆的人帮你叫车，优先选择预付费的士而非在路边拦车。

2. 尽量不要单独包车，如果不可避免，记下车牌号、司机的电话，跟司机合影，当着司机的面联系家人、朋友。

3. 搭顺风车时，上车前必须留意司机是否喝了酒，神情是否正常，车上的其他乘客有无异常。

独自一人住汽车旅馆或青年旅馆时要注意什么？

1. 汽车旅馆往往位置比较偏僻，建议入睡前锁好房门。有陌生人来敲门时要谨慎，即使对方自称是旅馆的服务生，开门前也要先问他"有什么事"，再做出判断。

2. 如果要住多人的青年旅馆，首选有保险柜的，将相机、现金、信用卡锁在柜子里，或在睡觉时藏在枕头下、被窝里，以免有人趁你熟睡时顺手牵羊。

最后提醒一点，世界上没有绝对的安全，遇到具体情况还是要靠你自己去判断。随着阅历的增加,独自旅行次数的增多,你对危险的嗅觉也会更加敏锐。

"骨头级"航海家

格鲁亚西

> 哥伦布并未被火化,没有骨灰,他只能是"骨头级"的航海家。

一

这是怎样神奇的旅行啊，诡异玄妙，没完没了。

人早已死去好几百年，几个国家还不停地争抢干骨头，让他下葬多年后还任人摆布，不得安宁。

一次次被挖掘、摊开，在太阳底下晾晒，用细亚麻布重新包裹，装箱，登船。从欧洲到美洲，再从美洲到欧洲，反复跨洋越海，在深邃的大西洋上来回折腾，海风吹，海浪涌，海鸥唱，湿湿的，腥腥的，咸咸的，也不知道那具高大枯瘦的骸骨，能否经受得住。

但若他真的在天有灵，想必，是喜欢的。

现在，算是尘埃落定了。他终于在一座大教堂里安顿下来，塞维利亚，这里是他最后的归宿。

疲惫的归帆靠岸，溯瓜达尔基维尔河而上，摇摇晃晃驶向宁静的港口。这里不是他的祖国，却是他功成名就的起点，也是其落帆的终端。

500多年前，他的首航是何等风光，君王祝福，祭师祷告，男女老幼倾城而出，万人空巷。最后的回归，却只有孑然的枯骨。

没有封土墓丘，没有几人合抱的苍松柏树，只是在塞维利亚大教堂宏伟的穹顶下专门辟出一个区域，放上厚重的长方形台基，台基上四位头戴王冠、衣饰华美的执杖者抬着一具棺木。

他们是来自西班牙大航海时期的四位最重要的国王，每人手里握一柄旌旗的杆，分别代表着斯蒂利亚、莱昂、阿拉贡和那瓦拉斯达地区。

国王们的头颅由雪花石膏雕刻而成，身体用青铜铸就。石质的脸上涂有浓重的宫廷妆，看不出悲喜，凝重的神情类似中国帝王陵寝前守墓的翁仲，又像扑克牌中的老K。

天光透过彩绘玻璃高窗照进来，不是很亮也绝不暗淡，是一种偏淡的酒红色。在宏大教堂的映衬下，悬空的棺木显得有些小，和想象中豪华、硕大的形象不同。棺木的色泽沉郁低调，其材质似乎取自陈旧船板，又像埋藏很久的阴沉木。

石脸铜身的国王们抬着棺木是固定不动的，但在视觉上总有些摇晃之感，仿佛还在海上，从未靠岸。海天茫茫，风吹浪涌，船颠簸着，水手们窃窃私语，军官们局促不安。唯有他，目光始终坚定地望向落日深处，望向朝思暮想的新航路，心无旁骛，一路向西，只为发现彼岸的中国和印度。

这是匠心独具的设计，依据他的生平事迹演绎，既传神又写意，对航海家而言，大概没有比这更称心如意的葬式了。

这也是骸骨的摇篮，在模拟的大海母亲的怀抱中，伟大的航海家不再是帆船上目光深远、意志坚定的领袖，不再是追金逐银的贪婪赌徒、势利商贾，他变小了，变回透明纯净的赤子，有如他的初生，也有如与他初见时天真喜悦的印第安人。

一切，若只如初见时该有多好。

二

1492年，在支离破碎的欧洲大陆上招摇撞骗十几年、四处碰壁的意大利热那亚毛纺织工的儿子克里斯托弗·哥伦布已经42岁了，依照孔子的说法，不惑已过，天命不远，该当是梦幻褪色，夕阳残照，归隐守成的薄暮之年。

偏偏，就在这一年，他时来运转。

西班牙女王伊莎贝拉被他的勇气和魅力打动。她说服丈夫，下发批文，拨出专款，在公帑不足的窘迫境况下，不惜动用自己的私房钱，全力支持他漂洋过海，探索发现。

这时，距离初次提出申请已经过去整整六年，搁到一般人头上，怕是早就放弃了。

招兵买马，紧张筹备，1492年8月3日，三条百吨小船搭载区区87个亡命水手，破浪乘风，向着未知的大海进发。

风凭西风带，水击大西洋。人少得可怜，船寒碜狭小，航海图不合格，没有GPS导航，指南针还是中国的舶来品。遇上星月暗淡、大海怒发冲冠，六分仪完全派不上用场，罗盘也只能指引大概的方向。马可·波罗的游记里记述的究竟是真实还是幻想，没有人知道。给养更是糟糕，无非是大桶劣质朗姆酒、大块发霉硬面包、冷硬的咸干肉、鼠咬虫蛀的臭奶酪。时间长了，不要说葬身鱼腹，就是因缺乏新鲜果蔬引发的坏血病，也足够让漫长的航行夭折。船上水手的素质更是良莠不齐，许多人根本就是人渣和恶棍。眼睛是黑的，银子是白的，胀满人内心的，不是海风，是占有财富和女人的赤裸欲望。

和大一统的东方中国比，完全不是一个量级。

须知早在87年前的大明王朝，永乐三年六月十五日（1405年7月11日），明成祖朱棣特命正使郑和、副使王景弘出使西洋时的船队，单是147米长、60米宽的艨艟巨舰就有62艘，更不用说兵士编制近3万人。旌旗蔽日，猛士如云，真正的耀武扬威。

幸而隔有大半个世纪的时空，两个西洋也不是一回事，否则在海上迎头相撞，铺天盖地、号令统一的中国联合舰队，恐怕当场就把他们吓得半死，继而归降、收编，发他一先锋、偏将。

果真如此，印第安人将免除一场浩劫，玛雅文明也不至于消失，我们也不会因为对他们的天文历法一知半解，以为世界末日要来。

果真如此，烟草不会风靡世界，玉米和马铃薯不会传遍欧亚大陆，地球人口不会呈几何级数增长，历史可能会走入另外的岔路，抵达无法预知的角落，我们也许还在穿长袍马褂，作揖磕头。

上帝默认了哥伦布的幸运。

三

1492年10月12日，出海已逾70天，就在船员们濒临绝望，打算叛乱的紧要关口，海鸟出现，带绿叶的新鲜树枝出现，芦苇出现，继而大块陆地出现。

人们欢呼起来，以为到了中国、印度，至少是日本，而事实上，他们到达的不过是巴哈马群岛的圣萨尔瓦多。

哥伦布年轻时不好好读书，数学和地理尤其没有学通，到死他都在纳闷，为什么总也见不到高高在上的中国皇帝和酷爱舞蹈的印度湿婆。

他完全搞错了。

就这,也已经是石破天惊之举。

原来在欧罗巴和亚细亚之间,还横亘着广袤的未知大陆。无意间的地理大发现,把人类的认知边界推到了全新的广度。

毋庸置疑,有着天壤之别的文明的碰撞,在最初短促且懵懂的惊喜之后,带给了原住民无穷无尽的灾祸。

诚如马克思所述,大航海的动因是资本原始积累的冲动,是注定要以血与火书写的狂草。

那是种通行全球的世界语言,不辨肤色,不需翻译,所有的种族都懂。不管辞藻如何华丽,表达的意思只有一个——弱肉强食;无论举止怎样彬彬有礼,行为方式永远简单粗暴——发现、征服、奴役、榨取。

物竞天择,适者生存。

荒芜印第安原住民的玉米田,膏腴西班牙自个儿的橄榄地。顺便,他们给新大陆带去了老鼠,这的确不是有意为之,然而这些毛茸茸的小家伙带有令欧洲人闻之色变的黑死病毒。

病毒在玛雅、印加、阿兹特克蔓延,原住民没有抗体,肆虐的天花病杀死了超过一半的印第安人,幸存者放弃城市,逃入深山,留下令人叹为观止的巨大废墟。

这是兵不血刃的胜利，欧洲人带走黄金白银，留下大规模杀伤性"生物武器"。对当时已经人满为患的旧大陆来说，他是新天地的开拓者；对新大陆的土著民族来说，他是火星四溅的大灾星。

"资本来到世间，从头到脚，每个毛孔都滴着血和肮脏的东西。"

千秋功过，不好评判，看你的立场、观点、方法，考验你的思维方式、价值取向，总之事实就在那里，颠扑不破。

数百年后，他的后辈们终于不远万里，组团来到中国，而我们英明了几千年的君主，也因为闭目塞听、智识老旧，终于应对失措。

四

从42岁启航到55岁去世，他的人生经历了13年的辉煌，这期间总计四次到达被他视作亚洲的美洲。

1504年11月，他完成最后一次远航，但因为没能取得预期效益，船只也损毁严重，他被锁上镣铐，以戴罪之身黯然回到西班牙，接受审讯。旋即又被释放，过上了富有的生活，同时忍受着长年漂泊海上患上的风湿和关节炎的折磨。

1506年5月20日,他在西班牙瓦拉多里德市逝世,遗言是:"承万能主宰的佑助,我在1492年发现印度大陆以及大批岛屿。"

到死,他的地理课依然不及格。

然而,这并不是他旅行的结束。

他先是被葬在瓦拉多里德市的一个修道院里。3年后,遗体被转移到拉·卡图加岛的一个修道院。1537年,他的儿媳玛利亚将其亡夫迪亚哥和他的遗骨送往了现今多米尼加共和国的美洲大教堂安放。1795年,西班牙人将其遗骨从大教堂的祭坛中挖出来,运往古巴的首都哈瓦那,一直到1898年西班牙和美国开战,他的遗体才被运回西班牙,并最终葬于塞维利亚大教堂。

直到现在,时不时就有媒体报道发现了新的证据;国与国也还在争吵,辩解着他的墓葬的真伪;而专家学者也时时推波助澜,有说是真身的,有说是他子侄的,总之是反复纠结于塞维利亚大教堂棺木中骨殖的真假。

哥伦布的发现深刻影响了世界格局,无论是活着还是死去,他的一生都充满着争议。

哥伦布并未被火化,没有骨灰,他只能是"骨头级"的航海家。

我知道我被湘西收了魂儿,被灵性和野性的湘西附了体。这多好,我又比别人多活了一辈子。

湘西记

雪小禅

一

"沈从文年二十岁学生湖南凤凰县人。"这是沈从文第一次到北京时,在北京西河沿一家小客店的旅客簿上的留言。那一年,他秘密地想了4天:"好坏我总有一天得死去,多见几个新鲜日头,多过几个新鲜的桥,在一些危险中使尽最后一点力气……似乎应当有意思些。"于是,他离开湘西,从湖南到汉口,从汉口到郑州,从郑州转徐州,从徐州又转天津,19天后,提了一卷行李到了北京。那一年他20岁,之后开始了跌宕、有趣、丰富、深邃、活了别人三生三世的人生。但他的一生似乎都在一个影像中跳跃,靠回忆支撑起精神的明亮,文字中永远能找到那个地方的光泽——那就是湘西,那就是凤凰。

枕边书有一本是《从文自传》,快翻烂了。总感觉里面有个魂灵在召唤我,我又时常与他对话,看他如何调皮逃学,看他笔下的苗族妇人、剃头师傅、扎明器的铺子、打豆腐的作坊、妓女、山大王……看他写的打架、赌博、去看杀人的故事……我简直爱他,觉得他活了别人八百辈子似的——那个湘西倒像是神仙地,又似魔幻界,让我欲罢不能。

丁酉初夏,我终于去了湘西。到了湘西却仿佛早已来过,连那一草一木都是人世间的至亲。我走过沈先生走过的路,看了他看过的云,心脏跳得快,连呼吸都微烫。我见过这个男人年轻时的一张照片,是他在军队当文书的时候吧,豹子一样的眼神,深冽。是,只有这两个字如此贴切而生动。那种深冽的眼神只有他有。我更喜欢他晚年的照片,80多岁了,脸上一派通达之色,润极了,完全被光阴磨出了包浆。他创造了一生的美,任何人不能复制。少年的他桀骜不驯,中年的他似苏轼所作的《寒食帖》,活得一派苦雨连绵,至晚年则天真烂漫。他的一生,隐忍而放纵,克制而羞涩,总有少年一般的稚趣与天真,那散发出的迷人气息雌雄同体。我早早就迷恋上了沈先生,如果生在同一个时代,怕是要给人家写情书的。

我怀着朝圣的心情到了湘西。抵达张家界荷花机场时,周老师和学生吧啦在等我。张家界大雨,已是晚上10点,又开车两个小时到溪布街一家客栈住下,在雨声中沉沉睡去。

到底是到了湘西。

二

第二天去张家界玩。到处是人，旅行社打着小旗吆喝着，觉得寡味。但武陵源景色真好，野、幽、灵、美、寂。山林之中，猴子跳来跳去。我又在山峰间流连，看石英砂岩地貌，地上300米，地下200米，壮阔而雄伟，暗自惊叹自然的神功。但这些好可以一眼望穿，沈先生的好却永远看不穿、猜不透，那一派天真烂漫和人书俱老真是迷死人。张新颖先生的《沈从文的后半生》中提到沈先生在"文革"中被折磨，在今日看来是宗教般的"自渡"，以至于他的心里在晚年仍然开出烂漫之花，78岁去美国大学讲座依旧乐于自嘲。

晚上，在客栈与周老师、陈老师喝茶。三个人说着湘西往事，我尤爱听土匪的故事。沈先生笔下这样写："小腰白齿头包花帕的苗妇人。"他又写到很多山大王和土匪头子，都有意思。

次日早餐后去凤凰。

到了凤凰，颜军老师在等，老实诚恳的湘西人，说自己是山大王。他问我先去凤凰哪里，我问他有酒不，他不明白为何，只说有。我问什么酒，他说湘西酒，1998年的湘泉。我答："极好。"他问："喝酒呀，这大早晨？"我又答："哪儿也不去，第一站，给三姐夫沈二哥扫墓去。"

骄阳也到了，师徒三人跟着颜老师去沈先生的墓地。

先生1988年去世，1992年骨灰被运回故里，一半撒入沱江，一半埋在凤凰城的青山上。

我早说来给先生扫墓的。虽然来得晚，但心里装下的山河岁月却更多，很多事物也更经得起打量。

沿青石板路走入凤凰城，街上多是喧闹店铺，这早已不是100年前的那个凤凰，已被过度开发到只有商品。但我仍然心跳，仿佛看到十四五岁的沈先生在街巷中打架、逃学、掷骰子、看杀人……那沱江水也绝不是从前的沱江水，混浊了很多，汩汩往前流着。

在《边城》的结尾，夜里下大雨，爷爷在雷声中死去，白塔被冲垮了，翠翠等待着那个人回来，可是沈先生这样写道："这个人也许永远不会回来了，也许明天回来！"沈先生自十几岁离开凤凰，此后就回来过一次。但他到底回来了，住在凤凰的小山上，拾阶而上，有青苔，有松柏，还有如我一样的人来看他。墓碑上缠绕着鲜花，而我终于看到正面写的16个字：照我思索，能认识我；照我思索，能认识人。我又去背面看，那16个字是他的妻妹张充和所书：不折不从，亦慈亦让，星斗其文，赤子其人。我开了湘泉，敬先生一杯，自己饮一杯。骄阳说我眼角有泪,我不自知,反而笑着说下辈子要找这样的男人来爱一场,哪怕不嫁,因为有趣、生动。

在墓前坐了好久,也让吧啦、骄阳给先生鞠了躬,并且命令她们俩这几天叫我翠翠,于是她们便翠翠长翠翠短地叫我。我受用得很。三个人去买枇杷吃,5块钱一斤。我吃了很多,压压惊。像被沈先生附体,看满街尽是土匪、翠翠,还有他笔下的农夫、船工、苗族人、鞋匠、剃头师傅……觉得终于如愿以偿,却又觉得心里压着什么,怕惊动了沈先生,又想惊动沈先生——我爱他的人胜过爱他的文字。人生动得像凶猛而有趣的猫,又像虎豹,又像蛇。总之,沈先生这样有趣味、有意思的男人我没见过第二个。

巴金老先生在沈先生去世后写过一篇《怀念从文》,里面有一句话:"那些吱吱喳喳加上多少年的小道消息,发展为今天所谓的争议,这争议曾经一度把他赶出文坛,不让他被写进文学史……"真是可笑,文学史在读者心中啊。有一次我去中国文学馆,看到前几名鲁、郭、茅、巴、老、曹……没有沈从文,我也觉得可笑,沈先生是无冕之王,他也不需要你们的文学史。巴金先生又写道:"然而文艺界似乎忘记了他,不给他出席文代会,以后还把他分配到历史博物馆,让他做讲解员。"他对瓷器、民间工艺、古代服装都有兴趣,我案头有本

《中国古代服饰研究》，每翻都有感动：浩浩荡荡的中国服饰文化史，一个人内心多么沉静练达，才能在风雨交加的年月中写下这样的文字，收集这些衣物、图片——"文革"期间，很多作家不停地在给自己减分，我至今敬佩几个在"文革"中给自己的艺术加分的人：沈从文、孙犁、钱钟书。宁可放弃，宁可不写，宁可蹉跎，总比盲目歌功颂德要好上千倍。人的品格在泥淖中散发光芒更为难得，是自持，是坚韧，是在暴风雨中本色依然。

沈先生后来对丝绸、刺绣、木雕、漆器都非常感兴趣，他的学生汪曾祺写道："他热爱的不是物，而是人，他对一件工艺品孩子气的天真激情，使人感动。"他是"抒情考古学"，而我受其影响，文字亦不立不破，酸甜适度，适宜留白，像五月"东魁杨梅"，有浓汁和恰好的酸甜，亦喜欢坛坛罐罐、花花草草，我中这个老头儿的毒太深。沈先生的DNA一直被众多人激活，即便是痛不欲生，也能被他带到那有趣的世界中去。看过那么多名人传记，最好的仍然是《从文自传》，里面有大慈悲、大寂寞、大孤独、人的哲学和宗教。好书，好书。

三

晚上，颜老师带我去苗族石头屋吃饭，苗菜。

那苗菜有野性，厨师说不放辣椒不会做饭，我言道："那多放辣椒。"那厨房是真好，脏、乱、差，却生动。烟熏火燎，屋里还蒸着腊肉，用橘子树的木柴，又加上桂皮，在黄昏时异常生动。青翠的生豆、鲜红的辣椒、腊肠、烤鱼……还有几口大铁锅，木铲子被磨掉了一块，灶台下是木柴，噼噼啪啪地响，一屋子辣气、酸气——我回家后常常想起那间厨房，比任何洋气的厨房都生动，我断定菜好吃。果然，苗菜有草莽之气，口味重，酸汤豆腐妙极了。那米酒也香，香到让人神魂颠倒。我自知米酒后劲大，还是喝了很多。那苗族女人出现后，我激动起来。

她开始唱苗歌，声音绮丽嘹亮，简直好到不能再好。她唱思念情郎，说摘下一片叶子，吹成清亮的曲子，像风一样到男人耳朵里。她又说，苗族只有两季——热天和冷天，于是唱起来："我想你啊，从热天想到冷天，从冷天想到热天，我用全世界来想你……"我几乎被她唱哭了，然后喝了三大碗米酒，醉醺醺地一个人跑出去看山中的星星和月亮，都亮得很，亮到人心里湿润润的、亮晶晶的……我掏出烟来，对着星空和旷野吸起来。真香啊!

湘西像翠生生的小姑娘,又像七八十岁的老人,有筋骨,有野性。这是个好地方。

四

在小城住了几日,我们奔去吧啦的老家浦市。在泥泞的山路上走了3个小时,吧啦说当年上学时没有公路,是坐船出去的,然后再一路辗转到大城市。我又想起沈先生当年,也是坐着小船一直走啊走,终于走出湘西。

抵达次日,我们去赶集。仿佛寻到沈先生当年逛的集市,有一种热烈、坚定、朴素、丰茂、性感。新鲜的水灵灵的蔬菜,绿瘦红肥。背着竹筐的老人在买菜,马上就到端午了,成捆的菖蒲被摆放到集市上兜售。很多卖粽子的小摊。牛肉米粉店、老茶馆、老照相馆、老理发馆、老裁缝店……仿佛回到20世纪80年代,时光仿佛凝固。集市生动极了,甚至那脏乱都是民间生动的力量,有支撑民间中国的骨架。我坐在米粉店吃牛羊粉,放很多的辣椒和木姜子,香辣生动,那羊肉鲜得不得了。

远处有人开始预备赛龙舟了,小伙子们的号子声传来,镇上的老人告诉我这是极隆重的事情,比过春节都要隆重,在外地打工的全要回家看赛龙舟。完全是民间组织，每个村子都要带着龙舟来沅江。沅江出现在沈先生的文字中很多次，宽阔疏朗的水面上荡漾着龙舟。我站在沅江边看赛龙舟，只觉得地老天荒。沈先生这样写端午："端午日，当地妇女、小孩子莫不穿了新衣，额角上用雄黄蘸酒画了个'王'字。上午11点钟左右，全茶峒人就吃了午饭，把饭吃过后，在城里住家的，莫不倒锁了门，全家出城到河边去看划船。"我又替沈先生看了一次。

小镇茶馆尤其好，老、脏、乱，里面没有女人，都是男人，中老年居多。复杂的说不清的气场，三块钱一杯茶，可以坐上一天，配一碟花生米、一碟瓜子、一碟兰花豆。还有斗纸牌的——那种细细的长牌。我拿了一把牌坐在茶馆中，后面的几个老茶客看着我，眼神复杂、深邃，说不清（迷人的东西都说不清）。吧啦拍下了这个瞬间，后来我发现那是她最好的作品——拍到一张好照片一定是天意。

老理发馆仍用20世纪80年代的理发用具。卖菜的老人穿着掉了色的旧衣等着理发，花白的头发和山羊胡，用疑惑的湘西眼神看着我。我捧着老人竹筐里的鲜苋菜，回味20世纪80年代的少年时光。有些光阴是卤水点豆腐，一刹那就是一生。仿佛永远年少，又仿佛已经老去。这一刻，我迈向湘西的时光隧道里，与沈先生的少年和我的少年相逢——沈先生，我愿做时光的逆行者，就这样与你在湘西相遇，一起活到天真烂漫、人书俱老。

我又去卦摊上与老人聊天。老人说我命格好，我便喜悦地在小镇上转悠，遇到跳皮筋的孩子，冲上去就跳。我以为自己几十年没跳早就忘了，没想到跳得非常好。

又认了个表姐，是吧啦的表姐，我亦唤表姐。晚上，表姐带着我去看她父亲，老人是镇上有名的艺术家，做了一辈子傩面具，慈祥敦厚地笑着看我。一屋子的傩面具，吐着舌头，很可爱。老先生送我一个猪面，他说这个又可爱又憨厚，还笑得天真。我回家便挂到了屋里，真是又妖又美。表姐是苗族人，给我讲苗族故事，说苗族人彪悍生猛，唱山歌要几天几夜，不会唱歌都嫁不出去……浦市小镇上有很多坟茔，我们每天要路过很多坟，表姐说："每天要和先人对话，好玩。"

我在湘西10天，几乎忘却时间。日子过得慢啊，也不去看时间，白天看鸡、鸭、鹅、牛在田里散步，在小镇上逛逛老理发馆、老茶馆……黄昏看看远山和稻田，晚上池塘里大概有一万只青蛙，此起彼伏叫了一夜，又生动又可爱——我在蛙声中睡去。

湘西是野的、灵的、调子低的，但骨子里张扬着一股浓浓的风情，仿佛眼角眉梢间全是灵动，像沈从文。沈先生的文字调子一直是低的、软的，像湘西的水，但骨子里又极柔韧，又具有天生的浪漫精神。在《从文自传》中他这样写过："我最喜欢天上落雨，一落了小雨，若脚下穿的是布鞋，即或天气正当十冬腊月，我也可以用恐怕湿却鞋袜为辞，有理由即刻脱下鞋袜赤脚在街上走路。"这是多么可爱的沈先生。

当他辗转19天到北京，在旅客簿上写下"沈从文年二十岁学生湖南凤凰县人"，当丁酉年初夏我从湘西回来，重读这一句，我站在窗前，突然热泪盈眶。

我知道我被湘西收了魂儿，被灵性和野性的湘西附了体。这多好。你看，我又比别人多活了一辈子。

斋普尔：粉红之城

叶普

这里是一个新世界，挑战就是要去适应它，不仅要适应，还要乐在其中。

去印度之前，我看了一部叫作《涉外大饭店》的英国电影。这部电影讲述了7位老人被带有欺骗性的异域风情广告吸引，前往印度斋普尔度假，下榻在一家名为万寿菊的大酒店。

7位老人中，有人是在丧夫后决定开启新生活，有人是为了寻找童年时的好友，有位老太太是被送到当地的医院做手术，有一对夫妇是想要改善僵化的夫妻关系，还有来印度寻找第二春的"艳遇党"……

然而在德里机场转机时，他们却被告知，前往斋普尔的航班取消了。老人中有一位是前高级法官，他童年时在印度生活过，便雄赳赳地带领大家去汽车站买票，坐上"疯狂巴士"，再转乘三蹦子，一路冲锋，总算顺利来到那家"可爱"的酒店。

这故事很"印度"是不是？而我的遭遇也和电影里一样，花了好大的力气才抵达和离开斋普尔——这座听起来很适合养老的城市。

一

我乘坐的火车清晨5∶00将从阿格拉军营火车站出发，前往斋普尔，所以我4∶00收拾好背包从旅店出来，想找辆三蹦子把我送去车站。然而，旅店外什么都没有！空荡荡的街道上，一片浓雾，连牛都在睡觉，静得好像会跳出鬼来。跟说好的完全不一样。

事情是这样的：虽然每次进出旅店都能看到一堆三蹦子围在门口，但这次出发时间太早，所以我几次三番跟老板确认这个时间有没有车。他跟我说没问题，三蹦子24小时随叫随到，万一没车，还可以找睡在前台的小哥帮忙。

而此时，我在空无一人的街道上寻找着三蹦子，时间在一分一秒地流逝，我抄起背包奔回旅店，直接掀开毯子，把困得眼睛都睁不开的印度前台小哥拎起来，然后发现他根本听不懂英文！

这下死定了！今天开往斋普尔的火车只有这一班，何况我还约了好友在斋普尔汇合。嘀嗒嘀嗒嘀嗒，我像个拆弹专家一样用脑力计算着各种解决方法和后路。突然，我看到旁边站着一个"高富帅"的印度小哥，他同样背着背包，一副整装待发的样子。

"你去哪儿?"我问道。

"阿格拉军营火车站。"

"你怎么去啊,都叫不到三蹦子。"

"我预定了专车。"小哥边走边说,我则紧跟在他身后。

刚到旅店门外,浓雾中两只车灯就远远地射来微弱的光线,且越来越近了。"我能跟你一起去吗?"小哥手一挥,我赶紧钻进了车里。没等车门关好,车就嗖的一下蹿了出去。我这才发现,挡风玻璃前什么也看不见,车好像行驶在云端,厉害的是,司机的身体里好像自带导航系统,在迷雾中左拐右转,游刃有余。

司机把我们平安且准时地送到了火车站门口,我俩匆匆告别,去寻找各自的列车车厢。

二

我买到的是最低等级的坐票,就比站票好那么一丁点儿。火车一路走走停停,晚点两个多小时,于正午烈日当头时抵达站点。

印度每座城市的三蹦子大军似乎都有自己的风格,斋普尔的是典型的傲慢型。火车站前的广场上挤满了车,开价高,极难还价,司机们像是暗中达成了协议。晒得快要中暑,身上被臭虫咬的包也奇痒无比,我很快放弃了跟司机打持久战的想法,认输!毕竟已来到了拉贾斯坦邦的首府、号称"粉红之城"的斋普尔啊。

"粉红之城"其实并不那么粉,是更偏向于赤砂岩的浅浅的赭红色。追根溯源,这颜色是献媚的结果——1853年,为了迎接英国威尔士亲王的造访,整座城被刷成了粉红色,并保存至今。

很快,三蹦子从一扇粉红色的大门驶入老城,望不到尽头的长街上,开着一间接一间的小商店,它们的外表看起来像是"复制+粘贴"的,里面茶叶、香料、五金、牛奶、锅碗瓢盆,什么都卖。

斋普尔这样的古城,可看的东西太多了,风之宫殿、琥珀堡、城市宫殿,各种城堡神庙……但人就是这样,独自一人的时候,简直是打不死的女战士,任劳任怨能吃苦,一遇到伙伴就立马崩盘。

三个姑娘碰到一块儿,一般会做两件事——吃到天昏地暗和逛到脚断。我们仨一拍即合,先去撮一顿自助烧烤,尽管这里所有的海鲜、鸡肉、羊肉烤出来都是咖喱味的。

吃完烧烤,我们去到斜对面的街上寻找该地最有名的酸奶

Lassi Wala。来过斋普尔的背包客会给新人传授一个小秘诀——如何在一排Lassi Wala店中找到最正宗的那家。走到跟前你会发现，这里整条街都是酸奶店，而且除了招牌设计不同，名字完全一样。不过，据说标记"shop 312"和"since 1944"的那家才是正牌货。

我捧着一次性陶瓷杯喝着Lassi Wala，想起许崧老师当年站在Lassi Wala店门口对"全球化"的吐槽："若是让美国人到这条街上开酸奶店，大概会先把Lassi Wala的招牌买下来，接着起诉所有用这个牌子的竞争对手，然后把店里弄得窗明几净，摆满白色的桌子、红色的椅子，再将陶罐换成塑料杯，调配出二十几种口味，最后在门口摆一个印度将军玩偶作为吉祥物，逢年过节搞点儿促销活动。嗯，这不是'全球化'，而是'全球美国化'。"

不知道是这番话起了作用，还是被正牌货和冒牌货愉快共存的商业模式感动，我一厢情愿地认为自己手里这杯酸奶是为期一个月的印度之旅中最好喝的，以至到了乌代普尔、孟买，都还惦记着。

三

在斋普尔老城，时间过得特别快，尤其是当姑娘们钻进某间纺织品店里。我们在里面耗了几个小时后，分别提着一块6米长的纱丽布出门。在印度店员的培训下，我们深信自己可以把这块布裹成一件纱丽，并相约下一站去"蓝色之城"拍照。

步行回旅店的路上，我们经过了风之宫殿。它实在是太不起眼了，完全不是照片上鲜艳夺目的橙红色，更像是一块令人犯密集恐惧症的巨型蜂巢板。据说，过去嫔妃们就躲在那953扇窗户后面，默默看着路上往来的人。

与风之宫殿相隔一条马路的几家咖啡馆发了横财——老板们的上一代在这里安家，有经济头脑的后代们就把楼越盖越高，打出了"风之宫殿最佳景观咖啡馆"之类的噱头，让游客们在多花几个钱喝一杯奶茶的同时，给风之宫殿照个全景。

四

即使风之宫殿让我失望，但即将离开斋普尔这事还是让我有些伤感，留给斋普尔的时间太少了，不过也许十几天后会再回来，我说不好。这里是印度，任何事都有可能发生，我们计划不了任何事。

像电影《涉外大饭店》里说的，世界上还有哪些地方，能像这里一样冲击你的神经？这里是一个新世界，挑战就是要去适应它，不仅要适应，还要乐在其中。

我很认真地实践了这一条定律。第二天中午，当在斋普尔火车站看到电子屏上显示"前往焦特布尔的列车晚点10个小时"时，我们无比冷静，去窗口退票，花了几秒钟时间思考是坐大巴去焦特布尔，还是直接飞孟买？

然后，我们仨便挤在了一辆向机场加足马力狂奔的三蹦子上。40分钟后，我们刚预定的航班就要起飞了。

事实证明，我们的决策是英明的。之前在路上遇到的小伙伴们也几乎在同一天遭遇了"世纪大晚点"，大家纷纷退票，转乘大巴或改变行程。

只有日本小哥藤井桑凭着坚韧的意力，在瓦拉纳西火车站等了13个小时，终于等到了车。当我躺在孟买舒适的大床上时，收到他发来的消息：已经等了10个小时，好冷，可也只能等下去了。

祝那些坚定的、顽强的人好运。而我也预感到，为了一杯酸奶再回斋普尔，似乎是需要很多爱和运气才可以完成的事。

相机冰岛历险记

头马

大海有时让你感到神秘,有时让你觉得它在向你发出邀请。

一

大巴把我放在新落脚点，位于雷克雅未克的另一间青年旅社。这家青旅位于海边，透过窗户能看见太阳航海者的雕塑，虽然临街，却只有一个小小的门，没有招牌，十分隐秘。我既困又累，还因为没吃晚饭而饿得头晕眼花，一走进去就被满屋子兴高采烈的背包客惊得目瞪口呆，好像来到了第一天开学的霍格沃茨。我怀疑这里是整个冰岛人口密度最高的地方。

我像一只几星期没吸足血的蚊子，瞬间被满屋子的肉香感动了。

于是匆匆登记，找到房间和床，然后放下行李洗漱。同屋还住了三个人，两个来自加拿大的女孩，还有一个据她们说是几乎没打过照面的男生。

等我拿着牙刷毛巾回到宿舍，就发现一件惊天大事：我的相机不见了。

这件事之所以成了惊天大事，一是因为这相机不是我的，是好朋友Y借给我的，在来之前，我一直提醒自己千万别弄丢了；二是冰岛之行已经经历了太多，我不知道怎么形容这种心情起伏了数次，再次遭遇意外的感受。

在确定它不见了之后，我紧急调用逻辑：有两种可能，我弄丢了，或是谁拿走了。我应该不会把它丢在大巴上，因为直到坐在我旁边的同行者下车之前，我都把它连同装它的包牢牢抓在手里。

那么，是有人拿走了它吗？

从我进门到我第二次进门，只有短短两三分钟，房间有门卡，如果是被人拿走了，就只可能是在屋里的两个女孩。但我又从我的国际伦理学判断推理——国际友人不会做这种事吧？

"我的相机不见了。"

"真的？"

"真的。"

"你是不是把它放错地方了？再找找。"

"我找过了，哪儿都没有。"

她沉默了。我也觉得她仁至义尽了。

另一个女孩洗漱归来。

"我的相机不见了。"我又说了一遍。

"不会吧？"

"真的。刚刚有没有人进来过？"

"我不知道,我刚出去了。"

"我也不确定。"先前的女孩补充道。

"那好吧,我再找找。"

我尽量让自己看起来没那么绝望,然后下楼去找前台。那是一个很漂亮的金发姑娘,像天使。

"我的相机丢了,我不知道怎么办。"我明确表达我的诉求,不是为了获取她的同情,而是我真的紧张得语音颤抖。

"丢了?"

"也许有人偷走了它。"

"不是你落到哪里了吧?"

"不,我记得很清楚。也许是有人偷走了它。"

"你四处都找过了?"

"找过了。这个相机对我来说很重要,我一定不能丢了它。"

"嘿,听着!"她睁大眼睛看着我,"先别着急。我跟你说,我们这里从来没有发生过有人偷东西的事情。"

"你当然这么说了,先把青旅的责任撇干净。我已经看透了你们冰岛人!"我在心里嘀咕。

"我是说,至少我在这里从没听过。实际上,我从小到大从没听过谁会偷东西。我们不偷东西。"她非常笃定地告诉我。

"好吧。"既然她已经说到了这个地步,我也不得不让了一步,"那我也可能是落在旅游公司的大巴上了。"

"哪个旅游公司?我帮你打电话问问。"

接着她帮我打了电话,然后告诉我,旅游公司的人已经下班了。

"他们明早八点上班,那时你可以来这儿,我再给他们打电话问问。"

于是我带着如坠冰窖的心情回到房间,没有再和室友说话。我躺在床上,先是给旅游公司发了封邮件,告诉他们我非常崩溃。然后,我就真的崩溃了。我无法控制自己,哭了一会儿,然后睡着了。

不知睡了多久,我醒来,发现收到了一封新邮件:

Yixin你好,我们找到了你的相机,明早九点前我们会送到你的旅馆。别担心,你会在离开冰岛前拿到你的相机。

迷糊中,我脑中闪过以下短暂的念头:白流一场眼泪,冰岛人效率真高,前台姑娘真可爱,我爱冰岛。然后呼呼大睡。

二

次日早晨,我一睁眼就爬了起来。这一天我要出海看鲸鱼，还要去黄金圈——冰岛东北部一条著名的旅游线路，另一家旅游公司的车会在九点来接我。

由于昨晚的邮件，我的灰心丧气一扫而光。我为自己对室友和冰岛人的怀疑感到惭愧。我毫不怀疑一会儿就会见到相机，便不慌不忙地买了青旅的早餐，为自己做了个冰岛特色的三明治：两片黑面包，中间夹奶酪、鲱鱼、黄瓜、火腿，刷三文鱼肉酱。

九点到了，没有人送来相机。我想，他们的人准是因为工作忙而迟到了。于是我给前台交代好，然后乘上来接我的大巴，出发去看鲸。

大巴把我放在码头附近。我上了一艘大船，按照船员的指示，换上了厚厚的连体救生服，连蹦带跳地上了甲板。甲板上已经有不少人，大家都穿着一样的救生服，这场面不像是游玩，倒像是一群科学家出海搞科研。

真冷，不过我意气风发。

我对大海有超乎一般的渴望，不同的海洋、海湾和滩头，有着相似的景象，但具体到每一天的不同时刻，就展现出不同的样貌，并带着不同的人的记忆。但在我的印象中，所有有关大海的印象大都是属于热带或亚热带地区的，厦门、香港、马来西亚、越南、土耳其、西班牙，最冷的也就是三月的日本镰仓海岸了。尽管那时,也有冲浪者乘风破浪。

大海有时让你感到神秘,有时让你觉得它在向你发出邀请。

冰岛让我见识到海的另一面:凶残,寒冷,不近人情,无法靠近。

前一天的回程途中,我们曾在一处海岸边停下,那里的海非常凶狠,我们只能站在高高的山崖上旁观,饶是如此,海浪竟也能扑打上来,风极大,我险些被吹走。风景实在太壮观,我小心翼翼地找到一个高处,试图拍下眼前所见。此时风浪、迷雾、蓝黑色海洋与远处的青色山岸,在我脑海里上演着《指环王》或《冰与火之歌》般宏大的交响乐,我知道我不可能拍出这交响乐的灵魂,仍努力站稳,结果一个海浪从意想不到的地方扑上来,我转身已迟,被淋了个满头满身。

旁边两个人笑了。我知道他们在笑什么——我果然应验了导游的预言:"每回我带团来这儿,总有人是湿着回到车上的。"

眼下我要对付的是鲸鱼。

海平面非常平静。这是雷克雅未克的海,它看起来一点儿也不乖张了。通常,会有几艘捕鲸船同时出征,他们相互传递讯号,以提高发现鲸鱼的效率。我们这一艘向着大海深处全力挺进,然而一点儿鲸鱼的影子也没有看到。最上层的甲板上,来自西班牙的水手兼导游站在瞭望台上举着喇叭向我们科普鲸鱼的知识，他的声音消散在风中，没人真的在听。这一刻每个人都很孤独。冰岛人捕杀鲸鱼，这是全世界都知道然而无可奈何的事。当我站在船头，慢慢开始习惯拍打脸颊的冷风，并积攒起对整片大海的耐心时，我开始感到这是一件无可厚非的事——我现在实在太想捉住一条鲸鱼了。

"看那儿！"船上的女向导叫道。

一条鲸鱼在不远处的海域里拱出一道半圆，很快消失在海面上。

但这足以让整条船的人兴奋起来。

第一条鲸鱼出现之后，很快，我们看见了第二条、第三条、第四条，但也许它们都是同一条。最大胆的鲸鱼在另一艘船的船头前很近的位置停驻，不停地用尾巴拍打海面。我旁边的女向导扛着长焦照相机疯狂地按下快门，同时大呼："再来一次，宝贝！"我简直要怀疑她是来自美国的狗仔，她的举止实在太不像一个维京人了。

不，也许这就是维京人对待食物的态度。

美国经济评论员迈克尔·刘易斯认为，冰岛的经济危机和它在20世纪80年代初期实行渔业配额制有密切关系，但制定这个制度的初衷是为了阻止冰岛人在捕鱼时不计代价的冒险行为。的确如此，"从遗传的角度，冰岛比斯堪的纳维亚人还斯堪的纳维亚。它的人口由逃亡者组成——说实话，就是法外之人——从挪威西部出逃的亡命之徒，以及他们在西进途中收留的苏格兰和爱尔兰性奴"。冰岛人的种族纯洁又混杂，由于人口少，他们甚至有一个App，用于打算交往的男女确认对方和自己有没有血缘关系。

三

回到岸上，我站在路边等待下一辆接我的小巴。这时，手机提示我又收到一封新邮件：

你好！

很抱歉地告诉你，我们没能找到你的相机。我们找到的那个相机是别人落下的，我把它的照片附在下面，我真的搞错了。对不起。

我们没能在车上找到你的相机。你确定真的落在车上了？你有没有可能把它放在了别的地方？

很抱歉唤起了你的希望……

我又看了一遍。然后打开附件的照片，那是一台旧兮兮的相机，的确不是我的。

我关上手机，望着窗外。好吧，如果这是你跟我开的又一个玩笑，我得告诉你，我受够了！我跟上帝说。

上帝什么都没说。

到了中转站，我从小巴上下来，换乘另一辆大巴。上车前，我被车门口的女司机兼向导拦住了。

"出示下你的票。"

我知道她为什么要我这么做，因为这个哭得稀里哗啦的中国女孩看上去实在值得被拦一下。不过她总不会觉得我这样是为了可以蒙混上车吧？我不禁轻蔑地在内心哼了一声，同时继续流眼泪，然后出示了票据。

"嘿，你没事吧？"她接着问。

"没事。"可这太假了，我于是补充道，"我的相机丢了。"

"什么？"她没听懂。

"相机，相机。"后面排队的人说。

"哦，相机。"她不知道如何安慰我。

我坐上车。

这可能是我这辈子头一次如此丢人：整个大巴的人听我号啕大哭。没有号啕这么夸张，但我上车前与司机的短暂对话成功地引起了所有人的注意，大家都知道这儿有个女孩非常难过，但好在不是因为失恋。

即便真的丢了一台相机也不是什么大事，我也从没为了这类事哭过。然而此刻我的处境怎么说呢，简直是屋漏偏逢连夜雨。更主要的是我从来不会犯这种低级错误，我的奖惩系统于是用力质问我：你的脑子呢？

我的理智依然自行其是，继续按照逻辑执行应该做的事：给旅游公司的人回邮件，请求他们联络那名向导，"我是那个旅游团唯一的亚洲人，他一定记得我和我的相机，我记得他的名字是T开头"；给Y发微信，告诉她目前的情况，让她做好相机可能会找不回来的心理准备，但我会买一台新的给她。

同时继续哭。

车上的气氛成功地被我压制在一个非常微妙的状态：没有人敢高兴。

大巴向着黄金圈的第一个景点开去，而我压根就没听进去导游的介绍。我觉得冰岛人简直十恶不赦。我不可抑制地开始给每个卷入此事的冰岛人打差评：名字是T开头的那个家伙，坏人，说不定他看见了相机，自个儿独吞了；旅游公司给我发邮件的这个家伙，坏人，先告诉我找到了相机，再告诉我没找到，演得那叫逼真，其实都是掩护，好让我相信他们真的想帮我找回相机，没准儿她和那个向导就是一伙儿的；前台的姑娘，虽然长得漂亮，说话温柔，坏人，"冰岛人从没偷过东西",指望用这种弥天大谎织就的糖衣炮弹攻陷我,呵呵;同屋的姑娘和小伙儿,绝对的坏人啊,到现在也还没洗脱嫌疑呢,谁知道他们仨是不是一个作案团伙?

总之,冰岛虽好,冰岛人就没一个好人。由此看来我也不必做一个好人。想到这点之后我突然感到一阵轻松,我终于可以从虚伪的文明人的枷锁里逃脱出来干点儿什么坏事了。

我哭得有点无聊,于是暂时打住,麻木地下车,随着人流毫无目的地游览。我身上没有现金——北欧五国除芬兰外都骄傲地使用自己的货币系统,而且它们普遍不支持银联,我在丹麦时就放弃了兑换当地货币的努力,而没有现金看起来也没遇到什么问题,直到刚才。

我们在一个收费公厕前停下,司机告诉我们,下一个厕所大概要一小时之后。厕所可以刷卡,但我的信用卡不是芯片型,它不接受。我站在刷卡机旁边干瞪眼,这时,旁边出现了一位同胞,女同胞,而且她不会使用刷卡机!

我的机会来了。我帮她完成了支付,她大方地请我上了厕所,折合人民币要10块,很贵的。

由于这件小事,我慢慢平静下来。我感到世界上还是有好人的,比如,中国人。我不由得非常爱国。

黄金圈的第一站不算很有趣,回到车上后,我发现我又收到了一封邮件。

看看我们冰岛的大官人还能怎么折磨我吧：

你好，Yixin。

我们重新搜索了大巴，上上下下，仍然没找到你的相机。

于是我决定给你的向导打个电话，他叫Teitur，相机在他手上，他会在下午放到你的旅馆，他就住在那附近。

我希望今天你可以尽情玩耍，不再有任何担心，当你回到旅馆时，你的相机会静静地等着你。

我们希望下次还能在冰岛见到你，你考虑过冬天的时候重返冰岛看极光吗？

我该说什么呢？

狂喜？感动？哭笑不得？百感交集？

此刻我的第一反应却是为这封邮件（以及此君之前发的每封邮件）做上批注，然后发回给这位名叫Kristján Karl的姑娘，告诉她邮件应该怎么写：尽量减少戏剧化的结构和措辞，简明扼要地写明你的主旨，使用中性词，以及，把最终结果放在第一行。我经不起这种感性的邮件行文的摧残。虽然这可能是我今年收到的最让我开心的一个礼物。

结果，我还是回了一封略带情感但绝不出格的邮件：

我简直不知道该说什么，但是我爱死你了！

很难想象，过去的24小时，乃至从我刚落地到现在为止的几十小时里，我对冰岛、冰岛人以及整个世界的看法发生了这么多次跌宕起伏的转变。

现在，我要再次扭转一下我的看法——如果还有人信任我的话，倘若有人来问我关于冰岛犯罪率的问题，我会非常笃定地告诉他："冰岛人从不偷东西，我向上帝保证。"

反正上帝什么都不会说。

被遗忘的大海先生

冯韵娴

战争不仅毁掉了千千万万叙利亚家庭,也毁掉了属于这个国家的文化、历史和骄傲。

吉哈德说，他前半生的辉煌是马儿给的，现在，该为它们做点儿什么了。

第一次看见大海先生，是在叙利亚首都大马士革的一处军马场。

因为战乱，两年多来，马场鲜有访客。难得有外国人到访，驯马师吉哈德请出了大海先生陪我跑圈。大海先生非常绅士地驮着我，不疾不徐地在马场里遛了两圈。阿拉伯马性子烈是出了名的，不仅如此，它们还很聪明。它们常常摇头晃脑地试探你，一旦叫它们发现你是新手就调皮捣蛋，不是使唤不动，就是撒欢拼命加速奔跑。要是它们喜欢你，也就捣捣蛋；要是碰巧不喜欢你，那么，你可真要当心了。所以一直以来，驯服阿拉伯马都是令中东男人为之着迷的事情。

大海先生的可靠远超出我的预期。在叙利亚断断续续的两年时间里，大海先生没有耍过任何小脾气，我轻轻一点缰绳，它就能明白我的意图，以至于我一度以为自己的马术精进了不少，直到回到迪拜，在沙漠里野骑的时候被一匹小驹子折腾下来，才越发感念大海先生的素养。

于是，看望大海先生，成了我在叙利亚工作之余不多的乐趣。

大海先生毛色发亮，身形矫健，奔跑起来如离弦的箭一般迅猛，速度"秒杀"马场里的大多数马；而当我趴在它身上，搂住它的脖子休息的时候，它又会变得特别温和，大气都不喘地慢慢溜达。大海先生年轻的时候可是获得过无数冠军的，只可惜现在叙利亚打仗，它没有了用武之地。让一匹冠军马陪我练习，这恐怕在世界上任何一个地方都是不会享有的待遇了吧。投桃报李，每次去马场，我都会带两个苹果，掰成小块喂它。

阿拉伯马在叙利亚的地位并不亚于拥有数千年历史的文物古迹，在巴尔米拉惨遭极端武装炸毁的同时，被誉为"活化石"的阿拉伯马的生存也受到了极大的威胁。

吉哈德原先在离巴希尔马场不远的山头上有一片自己的马场，养着近百匹血统纯正的阿拉伯马。4年前，那个地方被反对派武装占领，大多数马匹被卖到了别国或者被杀。他冒死跑回去抢了十多匹马，转运到了巴希尔军马场。

吉哈德说，战前记录在册的阿拉伯马大概有15000匹，现在剩下的不到十分之一。它们有的被杀，有的被偷走，运到国外卖钱，土耳其、约旦、伊拉克……正值战乱的叙利亚对此几乎无能为力。

阿拉伯马有着世界上最优雅的体态和最强大的基因,全世界超过95%的纯种马的父线都是源自达利阿拉伯(叙利亚出生的阿拉伯马)的血统,赛马史上有名的大种马日蚀就是达利阿拉伯的玄孙。战争不仅毁掉了千千万万叙利亚家庭,也毁掉了属于这个国家的文化、历史和骄傲。

叙利亚人对马有着特殊的感情。"我们都把马看成自己的孩子,过去人们都把马养在家里。"吉哈德一边牵着马儿,一边兴致勃勃地向我比画,"如果我的卧室在这边的话,马的房间就在隔壁,它有什么响动我都能听得见,它就是家庭的一员。"

巴希尔军马场现在接纳了三四百匹阿拉伯马,马儿虽然到了相对安全的地方,但是饲养它们并不容易。"马饲料的价格翻了20倍。"吉哈德抱怨道,"农田大多在大马士革郊区,被反对派武装占领,基本停止了生产,所以有钱也不一定能买到合适的马饲料。"更糟糕的是,军马场位于近郊,时不时就能听到炮火的声音,怀孕的马匹也出现了各种战前没有过的状况,胎儿畸形、流产时有发生。

"现在叙利亚的情况那么差,你为什么不去别的地方继续自己的事业呢?"我有点儿担心吉哈德的未来。吉哈德拍了拍大海先生的脖子,说:"我年轻的时候,大海先生陪我拿了一个又一个冠军,去了一个又一个地方,我周游世界的经历几乎都与马有关。现在,该是我回报它们的时候了吧。"吉哈德望着我,抬了抬眉毛,"你不知道,每次看到大海扑闪着眼睛望着我,我就走不动了。"

没有了掌声和关注的日子,大海先生倒也逍遥自在。吉哈德说马一辈子能记住400多个人的面孔,不知道多年以后,它还能不能记得我这个曾在战争年代给它洗澡、喂苹果的中国姑娘呢?

所罗门群岛的艺术家们

吴维

现代文明赋予的复杂不存在,这里存留的是生命本质的壮美和灿烂。人与自然没有明确的界限,大家都是彼此的一部分。

一

经历了1710海里的航行,下船,到达所罗门群岛首都霍尼亚拉,世界开始不一样了。

云层很近,土著人穿着草裙跳欢迎舞,港口的空地上摆满简陋的临时桌换钱。我拿美元换了当地币,汇率1∶6。城市很小,港口和市中心都是走路可达的距离,我便与几个门户网站的小伙伴一起上路了。

这里闷热,走两步就浑身是汗。四季皆如此。

破车修修补补,在大街上喷放黑乎乎的尾气。公交车是一辆破破烂烂的加长版面包车,没有标识,行人招手它就停,有一个人坐在里头收费。马路上最主要的车种是卡车,一群人挤着站在车厢里,乐呵呵地对着路人招手傻笑,轮胎碾过,掀起漫天黄土,黄土散去,又见他们笑呵呵的黑脸白牙。

首都的市中心没有红绿灯、斑马线,没有交警,没有交通规则,车在唯一的大马路上想停就停、想开就开,居然也能车流通畅。

土著人成群结队地站在路边。这是赤道附近的南太平洋小岛，四季都炎热、闷热、湿热，他们大都赤脚不穿鞋，脏兮兮黑乎乎地站在路边，仿佛除了站在路边没什么别的事可干。

我们一群亚洲人走过去，见黑黢黢的土著全盯着我们看，担心被抢劫，结果他们只是对着我们笑，乐呵呵的。你说"嗨"，他马上回一句"嗨"，还冲你招手。你举起镜头，他就看镜头，小孩子更是会冲到你面前来，好奇地左看右看。

摄影师常说，你得到好拍的地方去，才能拍出好照片。这里一定就是好拍的地方了，随便拿手机拍上几张，他们各个目光炯炯地盯着镜头，每一根毛发都是最真实自然的。好美，我喜不自胜地想，他们大概根本不知道镜头是什么，不知道快门按下去会定格人的美或丑。因此既不紧张，也毫无顾虑。

这个奇妙的首都，是不是被我描述得很落后、很淳朴？

二

事实上，中文网络上几乎查不到它的信息，外文网上稍微多一些，多半关于二战，因为美军和日军在这里打过仗，反复争抢这片所谓的太平洋战场上的战略要地，连肯尼迪年轻时都在此驻扎过。关于这里，虽然信息不多，但大家有共识：所罗门群岛是目前世界上最不发达的国家,居民到现在还靠务农和捕鱼为生。

我一来到这里,就感到了透彻且深刻的熟悉,仿佛这座岛屿、这里的生活,本来就在我的记忆深处。

直到误入一座艺术家花园,我才发现为什么。

和门户网站的小伙伴们在换钱桌前遇到,大家年龄相仿,互相介绍一下,三人同行顿时变作十几人同行。大家都是职业旅行家,长枪短炮挂在脖子上,都要首先扫荡好拍的地方——菜市场。那里当地人多,颜色鲜艳,每个角落都是生活最真实的面貌。

菜市场果然人多,霍尼亚拉一共有5万人口,放眼望去,简直会以为全部人都聚集在这里。人头攒动,每个人都要在人群中扒开一条缝隙前进,像极了高峰期的北京火车站。小伙伴们彼此提醒看好包,但这明显是多虑了,我背了一个帆布包,银行卡、手机和600所罗门币全部在伸手可触的浅口袋里,敞开着拉链挤了大半个市场,什么也没丢。

最让人印象深刻的是味道。那是我有生以来闻过的最难以描述的味道:在这个热带岛国,一走路就出汗,成千上万明显不怎么洗澡的居民的体臭,随地堆放并且腐烂的垃圾散发的臭味,蔫掉的菜叶和水果臭,鱼摊里的腥臭……

它们浓烈地打闹、交错，此起彼伏，我吸一口，马上就想吐。怕作呕的表情显得不友善，我连忙把嘴抿起来，形成一抹不太好看的笑容。

岛上的人都说英语，这太好了，马上聊了起来。我问一个小姑娘，为什么这里的花生、蘑菇都是一小抔一小抔，摆整齐来卖。

小姑娘像黑珍珠一般，她说："5所罗门币一抔。"

我想，这么多花生摆整齐多累呀，直接称斤卖不就好了吗？随即明白，直观的论抔卖是最因地制宜的方式——商贩们的数学能力支撑不了更复杂的计算。

杧果长得太好，我虽然收到寨卡以及不少当地病毒的预警，还有不要随便吃当地食物的叮嘱，但实在忍不住要尝一口。杧果2所罗门币一个，香甜多汁得简直叫人飞起来。

我手里都是百元大钞，掏出来，连着一张5元美钞，果农小姑娘半天算不清楚，干脆还给我，说："那张美金也可以。"

我以为我终于在当地遇着讹人的了，不一会儿发现，她只是算不清楚。

我在商店买纪念品，木雕的海豚和乌龟壳手镯，每个分别20和60所罗门币，收银员有模有样按了半天计算器，抬头说："100块。"

157

我说:"20加60不是100啊。"

她说:"那90块。"

"20加60是80。"

"那好吧,80。"

我给她一张百元大钞,她收下后再没反应,我提醒她找钱,她又算不清楚了。

之前读资料,说所罗门群岛50%的居民文化程度不到小学毕业水准,我并没有概念,如今亲眼见到,十分惊奇。

这是比三毛笔下的撒哈拉沙漠更原始和淳朴的社会啊!还毫无语言障碍,简直是上天送我的礼物!

我想多聊一会儿,可是大部队要赶往下一站,叫走了我。

彼时,我们在所罗门国家博物馆——一座只有一间屋子的大平房,院子里很吵,放眼一望,全是船上下来的中国游客。

我鼓起勇气说了单独行动的想法,大部队随便说了些"注意安全"之类的话,便走了。

我终于能够没有负罪感地细细读板报上密密麻麻的二战纪实。用所罗门博物馆的话说,二战不是所罗门群岛的战争,只是两个参战国在这片土地上打了几仗。

20世纪40年代,日本人占领了所罗门群岛,设立军事要塞,顺便修建了至今在用的公路。所罗门人武器不如人,只能利用丛林、暗礁等天然屏障打游击，打一枪换一个地方。

很快美国人来打日本人了，当时的美国大兵中还有未来的美国总统肯尼迪。这里的国家博物馆里骄傲地放了好几张肯尼迪在岛上的照片，花了好几版笔墨，详述如果没有岛民热情、无偿的帮助，美国大兵别说打赢日本人了，连在岛上存活都没戏。果然天下历史书一个样，都是执政者最正确，自己的国家最伟大。

三

我走出博物馆，撞见三个年轻男孩在录节目，主持人戴一副墨镜，滔滔不绝："3000年前所罗门群岛已经有人居住了，'所罗门'这个名字是西班牙人取的。1568年，西班牙人环球航海来到这里，见土著人各个穿戴金子，以为到了《圣经》中所罗门王的黄金宝库。土著人原先信奉祖先，欧洲人带来了基督教。所罗门群岛共有990多个岛，1978年独立建国，属于英联邦……"功课做得很足嘛。我听出他把百度百科倒背如流，心生佩服，看了一会儿。他录完一段，跟我打了个招呼。

我们之前在船上见过，我称他顾生。他说自己在新疆长大，考大学去了杭州，边读书边在电视台做旅游节目主持人，走遍全国之后，辞职自组团队做境外游。顾生做节目很有经验，走在街头，眼睛始终在寻找故事。我们路过一片被栅栏围起的草坪，远远看见里头有摊位，便走了进去。我所说的莫名的熟悉感，在走进这简陋花园深处的一刻，全都有了答案。

云层白蒙蒙的，所罗门群岛总让人觉得云层很低，仿佛爬到树梢，伸手便能触碰到。阳光全躲在云后头，把云层晕出许多种色彩，从金到白再到鸽子灰，每一色都有层次清晰的渐变。

一棵高大的树沉静地站在那里，枝叶伸向云端，赐予我们许多阴凉。

在这些阴凉里，草坪上，到处都是摊位。

这地方在地图上叫"手工艺者的花园"，此时，大片草坪上只有手工艺品、手工艺者和我们四个认真欣赏的外来人。

生了锈的头盔、军用水壶、可口可乐玻璃瓶等，一眼就能看出是二战时美国大兵的东西。据说这些东西在这一带很多，出去捉鱼、种地、玩耍都常能捡到。

我刚要细看，又被木雕吸引——土著面具，上面雕有穿草裙的土著人、猪、海豚、鱼……但凡岛上能看见的，应有尽有。一个土著手艺人坐在旁边雕新的，手法娴熟。

摄像机一对准他，他就很兴奋，一一介绍面具的意义，越问他越兴奋,喊价100美元的面具,不一会儿就自己降到50所罗门币。周围的人都拥过来,争先恐后地添加细节。

"这个木头叫tube,在日本可值钱了,我们这里到处都是!"

我认出一个人正在制作的是当地的一种乐器,类似笙,两排木管,敲起来每一根都有自己的独特音色。我喜欢极了,问他多久能做一个,他说一天。我要买,他摇头,说:"这个是别人订的。"

"你反正一天做一个,这个先卖给我,明天再做一个不就好了!"

他摆摆手,很坚持:"是别人先订的。"

我在学校修过谈判课,最喜欢在各种场合施展说服技能,便从他的利益出发,列举许多他能得到的好处,但他坚持别人先订的就要先给别人。

脑袋比手里的木头还硬,就这还摆摊当商人!我着急地看着他,他呵呵直笑。

四

我终于看见了那些画作。它们整齐地挂在破木板上,每一张都色彩绚丽。椰树小岛上抱孩子的土著女人,夕阳下划独木舟的土著男人,海龟,海马,形状怪异的当地蔬菜,每一张都拥有粗犷的线条和灿烂的色彩,画在画布上或树皮上。

高更!

这是我的生命之书《月亮和六便士》里描述的斯特里克兰德的画作的模样!这位主人公和他的原型高更一样,都在塔西提度过了生命的最后时光,在原始的南太平洋小岛迸发出了最灿烂的生命力量,并创作出伟大的作品。

100年后,我看见了一模一样的色彩和粗犷画风。

画家就站在自己的画作旁边,我上前攀谈。原来,他没有学过画画,画的都是他眼睛看到的、脑子里想到的东西,更没有听过什么高更。

"可是你没学过,怎么能把色彩运用成这样?"我还是不相信。

"我看到的!"他倒理所当然。

他聊开心了,热情地介绍自己叫John,妻子叫Marina,说鲨鱼和鳄鱼是他们的保护神,他们如果不幸溺水了,鲨鱼会游过来把他们驮到岸边,所以他们不会在水里死去。

"鲨鱼和鳄鱼是你们当地的信仰。"我总结。

"是真实的!"

"你亲身经历过吗？"我显然不相信。

"我经历过！"

我无法用逻辑反驳，这么争来吵去，他也不生气，临走时还叫我跟他保持联系，到处借笔要给我写地址，我把手机递给他，想着输入记事本就好了！

他摸了半天，打不出一个字母，又小心翼翼地还给我，继续借笔。

我以为他要写电子邮箱，结果他写出一个霍尼亚拉的地址。

我说："这太麻烦了，你有电子邮箱吗？"

他好像不太明白我在说什么。

后来我们走回港口，又碰到John，他和一群手工艺花园里的人一起在这里摆摊，画作从破木板上拆下来，随意扔在地上，像大白菜一样供人挑选。

John让我买他的画，我只有50所罗门币了，他说50也可以，然后小心翼翼地把画卷好，递给我的时候，问我能不能把我的电子邮箱写给他。我认真写完，确定他不会认错任何字母才放心说再见。不知道他会不会写邮件给我，我真心期望他会。

这时两个中国大妈过来拖走了我，她们要买贝壳耳环，我会说英语，叫我帮她们讲讲价。

姑娘说20所币一个,我说:"我们多买点,你便宜点,三副耳环50所币怎么样?"

她说:"好吧。"

给她三张20所币,半天找不回来,我说:"干脆不找了,我们再挑一副耳环怎么样?"

她又开心地说:"好吧!"

我想起菜场里算不清楚钱的"杧果妞",心想,"耳环妞"在这里卖手工艺品算不清楚钱,卖完了去菜场买菜,也算不清楚钱。既然大家都算不清,那要货币做什么。

云层那么低,我忽然切身感受到了,斯特里克兰德也好,高更也好,他们为什么选择死在这里,他们的作品又为什么会在这里爆发出绚烂的生命力。

现代文明赋予的复杂不存在,这里存留的是生命本质的壮美和灿烂。人与自然没有明确的界限,大家都是彼此的一部分。

这世上还有这样的地方,真好。

这样的地方被我见到了,我真幸福。

愿灵魂抵达

记忆的尽头

此情此景　爱上了她的宁静

她 在 这 里　　可 我　　是 在 哪 里

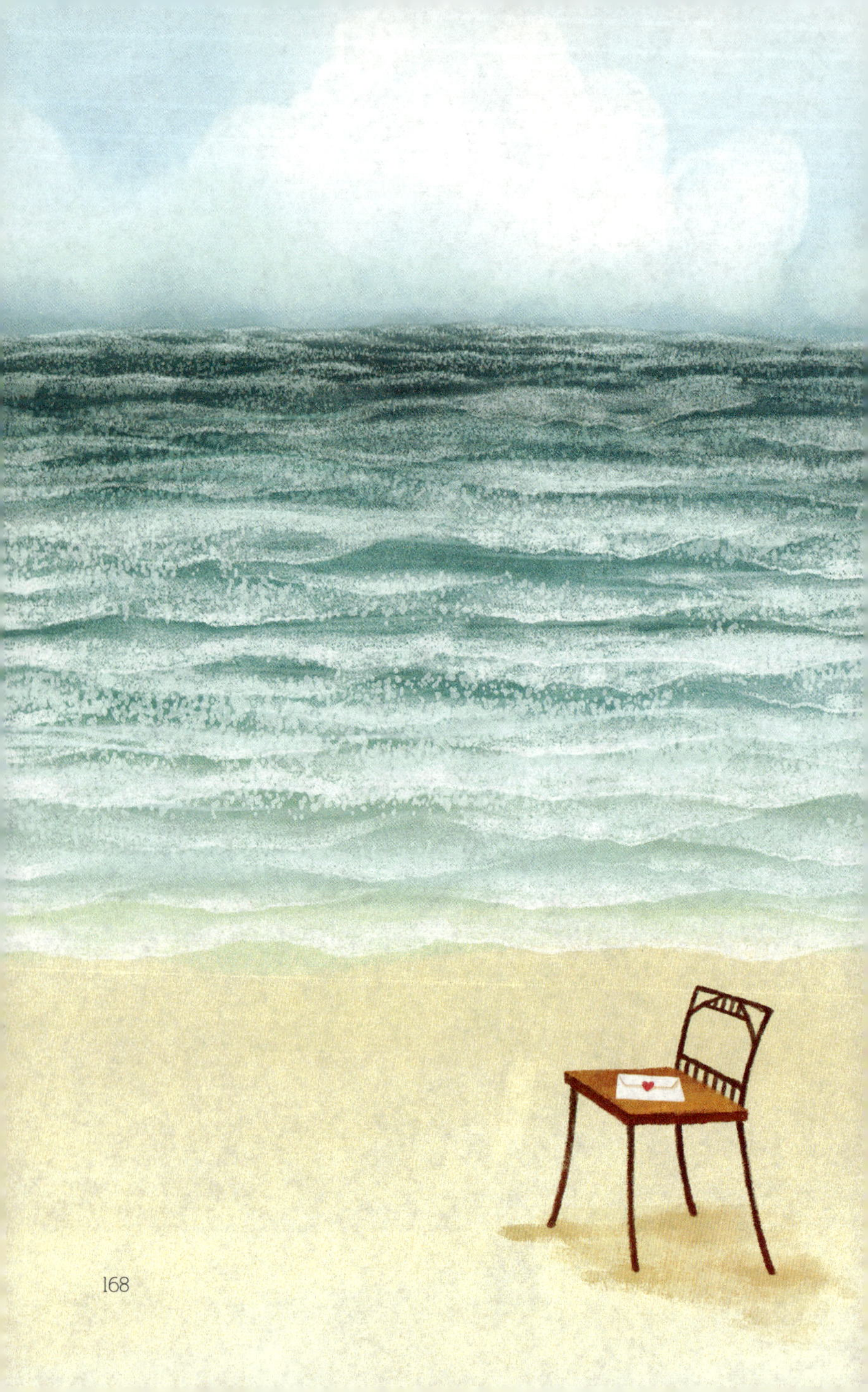

五

走散的自媒体小伙伴们也带回了精彩的故事。

他们在路上撞见开卡车的中国人,载他们去了中国城,路上还停车等他们买了六只椰子蟹,去中国城的餐厅交给老板加工。中国老板加工加料还包敲壳,一共只收了30所罗门币。

这可是椰子蟹,世界上最大的螃蟹品种,因为它一生只吃椰子,味道好得不得了,在北京一只卖将近2000元人民币还不知真假,不一定新鲜,就这么被他们当饭吃了顿大饱。旅行家果然各个会玩。

中国老板讲了许多当地风情:当地人一个月撑死挣1000所罗门币,可是在中国城,一顿粤餐就能卖到1500所罗门币,中国人在这里几乎都是老板,大超市和餐厅都是中国人开的。

船起航很久了,自媒体小伙伴们还在回味椰子蟹,说我错过了真可惜。

一点儿也不可惜。

我想起John和他的同伴们,我仿佛看见斯特里克兰德也坐在里面,在不起眼的角落廉价贩卖画作。他心里住着创作的欲望恶魔,他不在乎钱,他只需要更多的颜料和画笔。

那是我内心深处信仰的生命至高至纯的境界。这境界在我所奋斗过的一切地方，西雅图、上海、北京、襄阳，都不存在，让我一度以为那样的境界只存在于小说里。

现在我亲眼看到了，在那片长着参天大树的路边花园里。

这重逢式的相遇让我生出一种强烈的感觉：有一天我会再来霍尼亚拉。

我尝过那拉提的五百种滋味

林特特

故土难离是苦,白手起家是苦,漂泊是苦,思念是苦,历史沧桑本身是苦。

一

夏天，我去了趟那拉提。

飞机降落在那拉提机场，舱门打开的一刹那，我就掏出了手机。

同行的人笑话我："别拍了，到了景区你就会发现，机场这儿的蓝天白云不算什么。"

我不相信，仍拍个不停。

天尽头，雪山的轮廓像神的指甲在蓝的幕布上轻轻地、随意地划过的印，而云浮在上面，大朵大朵如棉花糖，我这么想着，唇齿间便真的有棉花糖甜甜的滋味显现。

一路向西。

云更大朵，洁白、松软，甜的滋味也更浓。

直至天色将暗，我们走进毡房，围坐在长条桌前吃晚饭时，味蕾间的甜才被更甜的滋味取代。

面前，牛羊肉切成块儿，瓜果成堆，一个个碟子垒着，其中一碟是草莓酱。

我自深红色的汁液里舀起一颗完整的草莓,送入口中,像含着少女的樱唇,猝不及防的凉和甜弥漫开来;而它瞬间又被另一种甜覆盖,是奶茶,馥郁、温润。

歌舞升平。

当地人能歌善舞,生活节奏较内地慢很多。在这里,一顿饭吃上四五个小时,再正常不过,于是,在那拉提的第一夜,我不知不觉在哈萨克姑娘即兴的舞姿中,在一杯接一杯的敬酒中,迷醉了。

敬酒的姑娘扶着我,走出毡房,吹吹风。

天似穹庐,银河如带,星星像裹着白砂糖粉的小雪球。

姑娘微微笑着,丰润、微黑的脸上,一对小酒窝若隐若现,我忽然觉得,这就是那拉提给我的第一印象——一百种滋味的甜,深深浅浅,分层、递进。

二

接下来的几天,我们都在景区。

车在路上行,路的两侧是一望无垠的草原,那情境,像人类与自然商量出一条路,让草让步,允许我们进入。

但世界仍是它们的,是草和与草更熟悉的生物的。

所以，棕褐色的牛会卧在某个路口，无视我们的存在，任你呼喊、按喇叭，它自岿然不动，什么时候离开，全凭它自在。

所以，当你终于按捺不住，站在柔软、纯粹的绿上，想和远远近近大约一万只羊合影时，最近的那只也对你无动于衷，只顾咀嚼。

它们的自在、安详会感染你，让你误以为自己也不过是天地间的一只牛或羊，渴了喝水，饿了吃草。

我就情不自禁地扯了根草，嚼一嚼，它在我的口腔中是咸的。咸越来越多。

我们又遇见马。

马不像牛羊那般懒散，它们总以运动的姿态出现——几十匹、上百匹，成群结队，在山间、草原，呼啸而过；奔跑时，它们四肢遒劲，线条优美，鬃毛一甩一甩的。一些是野马，一些不是。

在不是的那些中，我挑了一匹据说是汗血宝马的，在景区工作人员的帮助下，拎着缰绳，两腿一夹，纵横驰骋了几座山头。

烈日下，我的汗自发梢流至唇角，咸的。

马喘着粗气，肌肉一鼓一鼓，汗凝在鬃毛上。

马奔跑的速度越来越快，风擦过耳朵，那种铆足劲儿往前冲，马上就要自由的感觉，充斥着萌动的荷尔蒙的滋味，想象中，那味道是咸的。

当地自古流行一种游戏，称作"姑娘追"，即小伙子骑马跟在中意的姑娘身边以表达爱意，而姑娘或真或假，挥舞着皮鞭抽打小伙子。

越躲越跑，越追越抽得急，人马一体。

做戏的人投入，看戏的人认真——认真呐喊，认真加油。

而躁动的青春、你追我赶的爱情，哪怕只是模拟，也激发了每个人的荷尔蒙，呐喊声中，鞭影中，咸滋味更浓了。

三

在那拉提，人容易变得错乱。

分不清时间——日落最晚是二十三点，而第二天早上五点多，太阳就又升起来了。

分不清是醒还是醉——环境使然，开始是被敬酒，然后回敬，再然后主动要酒，最后不醉不归，醉也不归。

分不清哪里可以跳舞，哪里不可以——反正山上、草地上、毡房里，随时随地有音乐，有的是用乐器现场演奏的，有的是纯清唱,有的是手机播放的。总之,音乐声起,好客的主人就会来一段"黑走马",你不知不觉就学会了,随时随地能加入。

如果太阳还没下山,人已经有些醉,我就疑心刺眼阳光的味道和食物上孜然的辣是一味,杯中酒的辣正好拿苍茫民族歌曲的辣来下。类似的错乱感,清醒时也一样有。

徒步活动开始,我在七座山里行进。走过一段五公里的羊肠小道,转弯处,一扭头,看见满坑满谷的野花,心中一动,竟想起在那拉提喝第一口酸奶的感觉:噢,原来是这样,在这一口、这一眼之前遇到的那些,都不对。

再趟过七条湍急的河。脱下鞋袜,脚面被流水冲击,脚趾蹭着鹅卵石,小心翼翼,从紧张地试探到感觉清冽、舒适,放心前行,我竟又想起马奶子葡萄——一样的酸爽,一样的从惊异到惊喜。

而这时,再看神的指甲划出的雪山,飘荡其上的白云,坦诚地接住它们的绿色草地,也开始有了酸的滋味——这图景像极了都市格子间里,你每天定时打开电脑时看到的Windows开机界面,那里是终归要回去的地方。

是心酸。

在那拉提,你差点以为日出而作,日落而息,醒时唱歌,醉时跳舞,像牛羊般安详,像野马般萌动,任凭冲动生活,是人生该有的样子。

但显然不是,它们只存在于那拉提,或天堂里。

四

在那拉提的最后一天,我们遇见一位搭车客。他说他是南方来的援疆干部,已经是第二次进疆了。

"你知道吗?像我这样的汉子,会在离开那拉提的日子梦到草原,会哭醒。"

我们的导游、陪同人员,都是援疆人的后代,他们和搭车客相谈甚欢。

路过一棵胡杨树,我们专门下车去看。

据说这树死了千年,但依然不朽,它的枝丫仍笔直地伸向天空。

其实,我早在作家张者描述建设兵团的小说《老风口》中见过它,它象征着一代代奔赴这里,扎根、深植、奉献的异乡人。

故土难离是苦,白手起家是苦,漂泊是苦,思念是苦,历经沧桑本身是苦。

"客舍似家家似寄",在异乡怀念故乡,又在故乡怀念异乡,更是苦。

我也是在异乡谋生活的人,好在越来越多的异乡人,心甘情愿地选择留在异乡,无论是停驻的,还是流连忘返、一再回首的,都让这苦中多了些甜。我吃着最后一餐——一张藏着玫瑰花馅儿的馕,思索良久。

五

从那拉提坐四十分钟飞机至乌鲁木齐,再从乌鲁木齐飞回北京,一路上听着侃侃的《那拉提草原》。

此行共计十天。

我知道路上碰到的搭车人为什么哭了,因为我也梦到了草原。原来,那是之前没想象过的美好,经历了,才知道那里美得让人想哭。

梦里,我被无数种味道包围——云朵,遥不可及的甜;草莓,猝不及防的甜;哈萨克姑娘,小酒窝的甜;星星裹着糖粉的甜……

牛羊腥热的呼吸传递到草上,咸;奔跑的马驮着流汗的我,咸;"姑娘追"是咸,关于青春的、荷尔蒙的,都是咸。

阳光辣,白酒辣,激昂的歌声辣,孜然洒在肉串上辣。酸奶刷新了我对酸的认知,那味道如满坑满谷的小野花,明明寻常,却如惊鸿一瞥;马奶子葡萄刷新了我对酸的认识,像巩乃斯河水浸过的鹅卵石,不可描述,不能复制。

以及,辽阔土地上留下的,流连的,思念着的,各有愁滋味的,相似的你我。

它们是我遇见的那拉提——粗粝、温柔、缠绵、清新,起码有五百种滋味。

不按规矩出牌的布鲁克林

简猫

一般移民多、文化杂的地方适合发展艺术,先由其自生自灭,而后慢慢聚集、发展,最终使得整个社区越发包容。

一

从法拉盛坐地铁到布鲁克林的威廉斯堡区，还没走出地铁站就听见"突突突"的声响，原来是机车党在巡街——大约有几百辆机车，开得非常慢，整个队伍经过要十来分钟。

有意思的是他们的穿着。旧金山的机车党穿机车服——黑皮衣、黑手套，像电影里演的那般。眼前的机车党却是西装革履，即使不是穿全套，也是着马甲、衬衫，系领带，打领结，仿佛是一群华尔街的上班族在上班前先来一场机车巡游。

不按规矩出牌，这是我对布鲁克林最初的印象。

第二印象则是矮房多，高楼少，四面涂鸦，嬉皮风浓郁，和旧金山艺术区有些像。

布鲁克林是电影里的"常客"。

《美国往事》的海报上印着布鲁克林DUMBO区的街景，许多人以为画面上的是布鲁克林桥，其实不是。那座桥是曼哈顿桥，只是两座桥挨得很近，常被误认。区别的方法是看桥墩，曼哈顿大桥的桥墩是由钢铁铸成，布鲁克林大桥的桥墩则是石砌的。

许多美国电影里，布鲁克林大桥都是第一个被炸毁的。比如《哥斯拉》《科洛佛档案》《我是传奇》，桥一塌，代表灾难来临。

有一部叫《布鲁克林》的电影很有意思，改编自爱尔兰作家科尔姆·托宾的同名小说。

电影中，爱尔兰小镇姑娘艾丽莎在姐姐的帮助下离开家乡，孤身一人去美国闯荡。在经历了最初的孤单、挣扎后，艾丽莎终于在布鲁克林扎了根。工作之外，她还邂逅了爱情。从开始时的不适，到后来逐渐融入，于艾丽莎而言，一切都在往好的方向发展。

一天，从家乡爱尔兰传来噩耗，艾丽莎的姐姐去世了，母亲备受打击。艾丽莎决定回到故乡照顾母亲。重回小镇的艾丽莎被人看作是城里姑娘，变成了焦点，过去不可奢望的富家子弟也在追求她，艾丽莎开始以一种全新的眼光看待故乡。

一边是遥远异乡的动荡未知，一边是家乡唾手可得的安逸。如同所有的小镇青年一样，艾丽莎走到了人生的岔路口。

最终，电影以艾丽莎重回布鲁克林作为高潮。整部电影平静而内有波澜，带给观众思考：什么是故乡？什么是远方？

小镇青年背井离乡，打拼一阵，发现回不去的是故乡，将要去的是远方。飘飘荡荡地与旧日子作别，新生活与新价值观接踵而至，虽说慢慢地此心已安，但乡愁是首动人的歌，在街巷，在小酒馆，或是半夜时在心里幽幽响起，一时泛滥，又渐归平静。此番起伏，必然伴随每个异乡人漫长的一生。

二

在布鲁克林，像艾丽莎这样的移民有很多。

我研究生时读的是新闻专业，有一门国际报道课需要我们去大学村采访犹太社区的居民。这里的犹太人大多是二代移民，他们既保持着犹太传统，对新文化也十分适应。但威廉斯堡庞大的哈雷迪犹太社区却极其传统保守。

哈雷迪是犹太教中最保守的一支，推崇多生多育，每家平均有十个小孩。男性外出穿黑长裤、白衬衫、黑外套，头戴宽檐圆帽。因犹太教经典规定不可修剪胡须与鬓发，所以成年哈雷迪男子都蓄须，且不论年纪，两鬓都留有一撮螺旋状的卷曲鬓发，十分好认。

哈雷迪女性的穿着十分保守，她们头戴蕾丝小帽或发箍，着长袖、长裙，经典中规定不可露小腿，所以她们无一例外皆穿丝袜。

衣着保守，行为更甚。哈雷迪男孩必须自小研读经典，长大后投身宗教事业，不事劳作。女性可工作，可当家庭主妇。哈雷迪犹太家庭大多收入微薄，生活困苦。不仅如此，他们对科技也很抗拒，尤其是对电视、电影，很多家庭甚至禁止子女接触网络。

据闻，布鲁克林居住着五万多哈雷迪犹太人，这一次我在威廉斯堡误打误撞进入了哈雷迪犹太社区。外头喧嚣，这里一片悄然，人们偶尔有交流，但你完全听不懂。本以为他们说的是希伯来语，后来一查才知道，希伯来语被哈雷迪犹太人视为极度神圣的语言，仅在祷告时使用，日常交流则使用意第绪语（一种日耳曼语，使用者大多为犹太人）。

从犹太区往西面的码头走，除去少量的游客，遇到的大多还是闲逛的哈雷迪家庭。左侧是海水，右侧是着黑衣黑帽、如一片黑色孤岛的哈雷迪犹太人。这群真正的异乡人，在布鲁克林世世代代与世隔绝。

三

一般移民多、文化杂的地方适合发展艺术，先由其自生自灭，而后慢慢聚集、发展，最终使得整个社区越发包容。

布鲁克林的艺术氛围偏复古，但十分开放。旧金山的开放扑面而来，气味清新；布鲁克林的开放则带点儿古董店的灰尘味——内里很暗，窗子打开，光线照进来，发现它老、花，还俏，有一种特殊的"调调"。

这种"调调"的养成，除各色涂鸦的加持外，还得感谢大红砖。

红砖使布鲁克林更加"布鲁克林"。

布鲁克林红色多，黑色也多。

居民楼多是"红砖房，黑栅栏"的组合，艺术市集或街边小店也大多是"红黑配"。

逛完威廉斯堡，打车去DUMBO区，那里是曼哈顿大桥与布鲁克林大桥的中间地带。

曼哈顿的房价极高，渐渐地，一批艺术家搬到了隔海相望的DUMBO区，将一片废弃的厂区改造成了现在的模样。

来到桥墩下的艺术市集，摊位安置在白色的三角形帐篷里，东西都很漂亮，就是贵。从一片手工饰品区穿出，头顶正好有一只灰鸽扑腾着飞过，几根鸽子毛落到地上。鸽子身后的天空现出淡淡的灰色，大约是被高楼遮挡了光线。不过一转弯，又是蜜色的街、蜜色的树。

这一天下来，觉得可看的东西太多，但脚力有限，实在应该住上一阵。

到一个地方，我就会跟朋友讨论这地方值得住几天。喜欢的少则一月，多则一年，不喜欢的走过便走过。

搭乘子夜一点半的地铁回法拉盛，本以为车厢里会空空荡荡，不想竟是满员，格外热闹，人们沐了一身华灯进站，没有半分倦态。车往东开，我象征性地与布鲁克林擦肩，最终渐行渐远。

奔跑,在东京

头马

我向东京塔跑着,我向空无一人的浅草跑着,也向你生命的终极发出诚挚的邀请:一起玩吧。

一

我来到东京，又一次站在了跑道上。

此时，我站在人头攒动的起跑点，必须非常艰难地穿过来自世界各地的选手才能走到衣物寄放点，必须非常仔细才能找到自己的号码所属的起跑区域，必须在发令枪响之后等待10分钟以上才能慢腾腾地挪到起跑线——世界六大马拉松顶级赛事之一的东京马拉松，参赛者实在是太多了！

除此之外，和我跑过的其他马拉松不同，东京马拉松更像是一场充满欢声笑语的流动的盛筵。

东京是消费主义的乐园，在这里待三天，站在文明顶端的你就开始产生虚无感，开始替全人类思考未来和尽头了。比赛前两天，我走在人满为患的涩谷、新宿、池袋，开始分清地名之间的差异。

而此时，当所有高楼大厦和穿插其间的高空轻轨再一次在我面前缓缓展开，阳光打在我轻薄宽大的外套上，道路上只有打扮成各种二次元形象的运动员，街道旁的路人则全部挤在栏杆外，高楼在望着我们，行道树在望着我们，花花绿绿的招牌也在望着我们。远处的马路起伏绵延，好像能连到天边。眼前的一切对我来说都过于新奇了。我意识到自己并不是在参加一场马拉松，而是作为一名观光客，以一种匀速和小步伐的运动行进。更何况，除了魔幻现实主义的大都市实景之外，道路两旁还有形形色色的大型表演：传统的日本歌舞，现代的交响乐队，以及某财团员工的集体摇摆……我从来没有见过哪个马拉松赛事能把整个城市的人都调动起来。如果不是想看看后头还有什么表演，我几乎要驻足观赏每场演出。

但我不能停下来。因为一旦停下，我可能就要被路旁热情的市民围上，他们带着自家制作的饭团，或是在便利店买的红豆小面包和糖果，微笑着让你从他们手里拿走些什么。

现在你明白了我说的"流动的盛筵"是怎么回事。东京马拉松是一场大型动物园开放走秀，所有选手都是被投食的动物。2016年2月28日，这一天的我是一匹奔跑的小马，吃到了紫菜梅子饭团、明治巧克力、豆沙面包、牛奶饼干、杏仁果脯和许许多多五颜六色的糖。

二

为什么要继续跑步？为什么在你发誓最后一次跑马拉松之后又从上海坐上一架飞往日本的空客A320？

你当然可以回答是为了玩，这总比单纯跑出去满世界玩要有意义，不是吗？你也可以回答是为了"集邮"，没有谁在收集到第一张邮票后会停下来。你还可以说是为了治病，你有很严重的抑郁症，而科学研究证明，"跑步产生的内啡肽可以让人感到快乐"。

你还可以把真相说得更吓人一点儿——是为了自我拯救。你虚无透顶，痛苦至极，生活里已经没有任何一件事能够激起你的兴趣。你十分清楚，如果不做点儿什么，你很可能活不到27岁。所以，你开始跑步。你已经把马拉松的日程排到了2017年11月，不出意外的话，那时你会在南极，在冰川上进行一场马拉松。你不能出任何意外，因为报名费非常贵，你必须健康地活下去，至少活到28岁。

而28岁之后呢？

在你看来，没有谁会在28岁之后还考虑死亡的问题——28岁就是死亡。

你可以随便下这个结论，因为你还没有到28岁，还因为你实在担心过不了27岁这个坎儿。

你想起你的一个好朋友。你们计划过很多事，爬雪山，做摇滚明星，开工作室，或者仅仅就是看周星驰的每场电影。但是，这里面绝对不包括参加对方的婚礼，参加对方孩子的满月酒，参加对方的家庭年终party。但在做了她的伴娘后，你永远不能和对方撒娇说"你能不能不要结婚"了。你们有好多年都在不同的城市乃至不同的国家，好几年也不能见上一面，然而你还是可以许愿说，希望我们可以一起去冰岛，去阿拉斯加，去看Neutral Milk Hotel的演唱会——你相信总有一天他们会复出的，就像你相信每天都会有奇迹。但是，在她的婚礼之后，你永远不能收到她的贴着星星的回信了。就这样，你接受了这个现实，就像你接受了每一个朋友最后都会老去。有些朋友再也不会和你一起去景山看长安街夜灯亮起，另一些朋友和你约定去后海溜冰但最终会以沉默告终，而你只能不断认识新的朋友，试图捕捉那一瞬的纯真。你知道这已经非常珍贵，你没有什么不满。但是你仍然在深夜听Neutral Milk Hotel，这能够召唤出七年前那个谁也没有结婚的下午。再往前推一点儿时间，你的好朋友才刚刚跟你分享有关爱情的喜悦。现在，对方给你发可爱的小孩子照片，并对你的冷漠感到小小的失望。你几乎是下意识地在心里下定决心："我绝不长大。"是，我保证故事才刚刚开始,我保证这一份答卷精彩纷呈,我保证自己绝不长大。

为了这一份承诺,不,不是为了这一份承诺,而是什么也不为——只有小孩子才会什么也不为地去做一件事;只有小孩子才会在马拉松赛道的两旁无比兴奋地朝你招手,手心捧满酒心巧克力;只有小孩子才会在没有拿到奖牌的时候伤心地哭泣;只有小孩子才会在想起他失去了的朋友时哽咽难过;只有小孩子才会相信世界上有超越了爱情和友谊的联系存在;只有小孩子才认为巧合不是巧合,而是圣诞老人的礼物;只有小孩子才会因被表演吸引而停下脚步,在看到雷门的时候激动得哇哇大叫,和警察局长胯下的马驹问好;只有小孩子才会大声地说出真相,而不是躲躲藏藏。这不是一场马拉松,这是一场小孩子的游戏。

伴随着这样的想法,我继续跑下去。我向东京塔跑着,我向空无一人的浅草(地名)跑着,也向你生命的终极发出诚挚的邀请:一起玩吧。

暗黑瓦努阿图

另维

> 一双眼睛、一对耳朵、一颗脑袋而已,能看到、听到、思考多少呢?不过是有色眼镜后的小小一隅。

从所罗门群岛的首都霍尼亚拉到瓦努阿图的首都维拉港，711海里，一路都是南太平洋上不发达的年轻岛国，资料上都写着最贫穷国家之一，居民生活原始。

一

我乘坐的船抵达维拉港港口，船下没有土著人跳草裙舞，商铺整整齐齐地呈Z字形一路排列到港口的出口处，你必须一家家经过才能走出去，很精明。欢迎阵仗更是此行最热烈的，没有之一。

瓦努阿图共和国总理、副总理，中国驻瓦大使等一行人，浩浩荡荡登船迎接我们。2000多位乘客先行下船，瓦努阿图共和国的领导人在船上的高级餐厅里举行了小型新闻发布会。

当地媒体云集，大家端着长枪短炮，认真拍摄着船长、旅行组织方、总理、大使讲话。讲话结束之后，船长和总理握手，互赠礼物，总理和中国旅行社代表握手，接受捐赠……

往来维拉港的邮轮几乎每周都有，大多是从不远处的澳大利亚开来,歌诗达大西洋号是第一艘从中国来的邮轮。瓦努阿图的领导人对此非常重视,他们渴望发展本国的旅游业。

大使用中文说:"希望中国人都来瓦努阿图举行婚礼!"

发布会结束,我急忙下船,要把耽误的两个小时补回来。维拉港的海清澈见底。那些以海景优美闻名的结婚圣地,巴厘岛、塞班岛、毛里求斯、斐济,论海的美丽程度,都不及维拉港。

维拉港的海滩是乳白色或者金黄色的。白色的是珊瑚,形状、颜色都极美,踩上去有点儿疼;金色的是细沙,拾不起,捉不住,踩上去柔柔的。

海洋蓝在这里是一种独特的颜色,介于蓝和绿之间。这里的海美得柔软、细腻、深沉,近看、远望都令人心旷神怡。

这是我对维拉港的第一印象。

第二印象从走出港口开始,那真是糟透了。

我同朋友顾生的三人媒体团一道,刚走出栅栏,黑黝黝的当地人就一哄而上,问我们去哪儿,拿着地图指点着维拉港闻名世界的水下邮局,说到那儿收180美金。我不可置信地问了好几遍。

180美金我能从西雅图飞到拉斯维加斯再飞回去了,真敢喊价。岛民都说英语,见跟我们交流无障碍,开始挤挤攘攘地拉生意——这个说"我的车160美金就走";那个勾勾手指,把我们引到一边,压低声音说:"看你们也是第一次来,80美金我就送你们过去!"

"我80美金包来回,站在旁边等到你们玩完,送你们回来!"

"40美金!你们一人只要10美金!"

"40美金包来回!"

顾生瞅见人群之外的船上坐着的小伙子眼巴巴地望着,钻出人群问他坐船能否到市中心,及多少钱。

小伙子点点头,小心翼翼地问:"你们一共给10美金可以吗?"

顾生冲我们挥手,大声地用中文说:"这个人只要10美金!快上船!"我刚要跑,就被人拉住了,那人问我小伙子收我们多少钱。一瞬间,我担心起了小伙子的安危,回答:"跟你们的价格一样,只是我的朋友更喜欢坐船,不好意思。"

出来旅个行真累啊!但更累的在后头。

其实,一路上的风景是极好的——舟形小快艇滑行在海水之上,海水在湛蓝的天空和白亮的阳光里折射出好几种蓝色,泾渭分明。鱼儿在快艇划出的细长白浪花两旁拼命游着,看得见,摸不着。虽在海上,却没有浪,快艇行得稳,人也大胆起来，我们几个一会儿躬身摸鱼，一会儿跑到船头任海风吹起裙角……

维拉港的水美得像幻境，可一上岸，我们立马被一群举着中文价格牌的土著人围住。这个要带我们去看瀑布，80美金来回；那个说瀑布早干了，应该跟他去水下邮局，只要50美金；船夫小哥非要我们承诺返回邮轮时还坐他的船，叫我们提前支付船费。一群人七嘴八舌、浑身汗臭地跟了我们1000多米，直至跟进了市中心大街才放弃，转身去围攻其他游客。

二

维拉港的市中心只有一条大马路，商铺开在道路两旁低矮破旧的平房里，乍一看，以为来到了中国20世纪90年代的小县城。街上全是人，皮肤黑黝黝的，衣衫残破，他们有的坐在残垣断壁上，远远望着你，有的缓慢行走，紧紧盯着你，每个人都是一副想上前说点儿什么的模样。

我找人问了下厕所在哪儿，对方凑上来说："离这里很远，5美金带你过去。"

"包来回不？"我打趣地反问道，他竟然认真思考起来。

维拉港有一个水下邮局，号称"世界唯一"，建在附近的一座小珊瑚岛边。我们跟黑车司机杀了40分钟价,终于折腾过去,支付了上岛费,前往参观。

我们离开时已是傍晚,倒映在水面上的晚霞由红变成紫红,再到薰衣草般的淡紫色,然后开始缓缓转黑。伴着这样的天幕和白色的珊瑚岛,以及黑人小孩们成群结队地跳水、嬉戏的景象,我们一行人看痴了,竟误了回去的时间。从小岛的渡口到邮轮港口有半小时的土路车程,我们急忙找车。

车很多,土著人各个开着破车,坐在渡口等游客。来时车费一人2.5美金,此刻说什么也要一人20美金。

"这里离港口远着呢,你们是没办法自己回去的,赶不上船,你们的损失更大。"还挺了解我们。

换一家问,方才的车夫追上来,大声说:"这儿的人都互相认识,我们说好了,20美金一个人,否则不走!"

结成联盟,统一定价。加上我们在内,十来个经验丰富的旅行体验师被堵在渡口。天色渐暗,与我们对峙的又是一众贪婪的当地人,众人纷纷开始忧心起安全问题,最后只好任人宰割,只求尽早结束这糟心的一天。

我走过不少第三世界国家,港口和车站挤满抢生意、讹游客的黑车司机也是屡见不鲜,但如维拉港这般,偌大一个首都不管走到哪儿、撞上谁,对方都想方设法要讹游客的,当真是头一回见。

我想起瓦努阿图总理和大使对我们的热烈欢迎，他们一定举国上下都尝到了旅游业腾飞的甜头，所以拼命招揽游客。但能不能消化和服务好这些游客，就另当别论了。

据说，首批中国游客即将抵港游玩一天的消息，已经在瓦努阿图各大电视台循环播放了一周。

我坐在回程的车上看着窗外，晚霞由淡紫开始，一点儿一点儿加深颜色，而紫色之下，是黑压压的人群。维拉港的人口总数为44000人，这一天一定是全民出动了，人群像一条条巨大的黑虫般在残破的街头蠕动着，细看——有的人把小孩打扮成穿草裙的土著人；有的人在胳膊上搁了一条蜥蜴，四处招揽着与蜥蜴合影的生意……

这里的司机真是太多了，他们见到中国游客就停车，一停两三辆，争先恐后地按喇叭、抢客人，市中心仅有的大路堵得水泄不通。

戏水的小孩们从不远处的海湾里探出头来，好奇地看着喧闹的街市，发生了什么他们并不懂。我看见有中国游客蹲下来，给他们分糖吃，一边分一边说："你们真可爱，长大不要变成司机哦！"

三

我忽然想起了所罗门群岛。

想起那些贫穷却宁静、祥和、友好、幸福的眼睛；想起我问路，小女孩说不清楚在哪儿，就光着脚领着我们翻了一个山头，给钱、给食物都不要，转眼就消失在了人群里；想起我去草地上买少年的画作和妇女手工做的椰子壳耳环，开口还价一半，对方开心地答应，我们各自偷笑……那里与瓦努阿图的区别，大约是天堂与地狱的区别。

瓦努阿图经历了什么呢？

在将近十年间，美国和澳洲版的《荒野求生》先后在这里取景拍摄；Netflix用火山纪录片告诉世人，世界上只有三座火山看得见岩浆，瓦努阿图拥有其中一座；英国报纸说瓦努阿图人的幸福指数排全世界第一，香港新闻紧随其后，采访移民瓦努阿图的香港人；澳洲人公认瓦努阿图是南太平洋上的潜水天堂……

中国投资商也成群结队地来了，他们推掉那些残垣断壁，在瓦努阿图盖小区，盖酒店，盖餐馆。

我问："这里这么穷，怎么支付工程的钱款？"北京老板们嘿嘿一笑，说："没钱我可以跟他搞置换啊。这地儿的海产搁北京多值钱你知道吗？"

这10年，执政者一定连做梦都是笑着的，一个贫瘠的农业岛国，忽有旅游业从天而降，一跃成为国民第二大收入来源。在网络上几乎搜不到所罗门群岛的信息，而700里外的瓦努阿图的照片、攻略数不胜数，攻略下还附带"只要ＸＸＸ元，移民瓦努阿图不是梦"的广告。

媒体发布的各类消息把瓦努阿图塑造成了旅游胜地，然而城市建设没有跟上，政府遏制物价的能力没有跟上，居民的受教育程度、素养没有跟上。

我看着眼前的青山白云、湛蓝海水、和鱼群戏水的孩童，想象着富饶又与世隔绝的瓦努阿图人民世界第一幸福的模样。然而，那样的幸福已不存在了，取而代之的，是岛民用小舟换一辆破车，蹲在港口磨刀霍霍宰游客，多讹一个，他就离富裕近了一点儿。

他如果不趁现在努力挣钱，大概很快就什么都买不起了，并且子子孙孙都被先富的人死死踩在脚下。

就像还不知道怎么治理就先污染，以生态环境的损毁换取经济的发展，于是一代人还没老，就已经生活在了空气即毒气的恐惧中；就像还没有教会世人"富人的社会责任"，就着急着让一部分人先富起来，于是"达则兼济天下"的古训成了奇闻，谁做到了谁就会饱受质疑；就像还没有教会国民如何和巨大的客流量共存，就先引来大量游客，于是国民以贪婪置换纯净，游客吓跑了，大街小巷乱七八糟。追求自己没有能力承受其代价的利益，瓦努阿图使我联想到许多。又或者，我所看到的景象，是任何即将蓬勃发展的落后国家的必经之路。

四

我吐槽瓦努阿图，藏族女孩央金急忙捍卫它。说瓦努阿图有她见过的最美的珊瑚岛——隐蔽岛，一处被一位白人购买、设计和建造的私人领地，水下邮局就位于这里。岛上有Wi-Fi，有酒吧，绕行一圈不过20分钟，遍地椰林，脚下全是珊瑚化石，在炽热的阳光下泛着白亮的光芒。潜水三五米，由水下垃圾改造的邮局进入视线，五光十色的热带鱼陪你游泳、投信……如此美丽，但因我心情糟糕，又不识水性，竟看不到。

央金说瓦努阿图的文化村是真正的原始部落，里头住着淳朴、敦厚的人。他们在原始森林里搭草屋群居，前去观光，部落子民会拿长矛对着你，直到酋长点头放行。小孩戏水、爬树，老奶奶坐在草屋里编花篮。在这里，任你花再多门票钱，酋长的威严不可亵渎。村子同时被两家旅游公司购买下来，各装一扇门售票,左边10美金,右边30美金。黑黝黝的小女孩见央金一行人去了右面,从树上跳下来拦住他们,叫他们从左边进,左边便宜。央金惋惜地说票是提前买好的,小女孩也跟着难过,摘一朵花送给央金,又刺溜爬上树,消失在一片密绿之中。我没有遇到这些美丽的风景、可爱的人,是我运气不好,不是瓦努阿图不好。央金这样教育我。我们各持观点,找寻证据。

我起初出来看世界,觉得世界真大,文化和思想之间的差异真大。我迅速接触,迅速变得博学。

此刻,我再也不敢自居什么见多识广了,我忽然意识到自己有多么狭隘。

我意识到,一个人就算穷其一生环游世界,他也依旧是狭隘的。

一双眼睛、一对耳朵、一颗脑袋而已,能看到、听到、思考多少呢?不过是有色眼镜后的小小一隅。

那我们又该如何面对这个世界呢?

失落的贝卡谷地

冯韵娴

外部世界日新月异,一个全信息化的地球村正在被构建,他们却离这样的世界越来越远。

法蒂玛来自叙利亚首都大马士革的郊区,四年前,因为战乱,她和家人一起逃到了黎巴嫩。和大多数难民一样,她和家人在贝卡谷地搭起了简易帐篷,靠为数不多的救济度日。两年多时间,法蒂玛没有上过学,每天的生活就是照顾弟弟妹妹,或在荒地里挖野菜。

贝卡谷地是黎巴嫩东部靠近叙利亚边境的一个山谷,位于东非大裂谷的最北端。自叙利亚危机以来,在贝卡谷地登记、注册过的难民就有近40万,但是那里并没有联合国修建的正规难民营,难民们大都需要在一片荒地里自食其力,处境非常艰难。他们偶尔能够接收到国际组织的一些援助,运气好的还能帮当地农民打打零工换点粮食,光景差的时候就只能靠挖野菜度日。

就在两年前,一个德国的非营利组织在当地开办了一所学校,那里的难民小孩终于有了上学的地方。就在这所学校里,我遇到了法蒂玛。我们走进"校园"的时候,正好碰上早班的孩子们坐校车到学校——那是一辆生产于20世纪七八十年代的中巴车,里面挤满了孩子,以至于站在挡风玻璃前的那些孩子的脸都快贴到了玻璃上。他们背着书包走到楼房边的一块空地上，排好队，准备进教室上课。他们中有一些孩子穿着统一的服装，这些衣服和他们背的书包都来自不同国际组织的捐助。

校长告诉我，这是贝卡谷地最大的一所难民小学，一共接收了900多个孩子，因为孩子太多，地方太小，老师也不够，只能将他们分成早班和晚班轮流教学，从一年级到九年级，每个年级一个班，每个班一天上四个小时课。即便这样，贝卡谷地一半以上的难民小孩依然无学可上。

法蒂玛今年上六年级。在叙利亚的时候，她是班里阿拉伯语成绩最好的姑娘，还排演过历史剧，曾经的梦想是当个话剧演员或是历史老师。但是，眼下阿拉伯语这门课却变得不再重要：因为受父母的影响，孩子们都认为他们目前最好的出路就是去欧洲，在那里重新开始新的生活，在那里，他们需要的是英语，而不是没有人能听明白的阿拉伯语。

我问法蒂玛学校的课程难不难，她说："原来学黎巴嫩的课程很难——黎巴嫩小孩子从小就学习英语或者是法语，但是现在换成叙利亚的课程，就容易多了。"

这些难民孩子的课程落后于黎巴嫩的同龄孩子，除了一周五天、每天四个小时的简单课程之外，他们极度缺乏接受知识的方法和途径；他们甚至没有体育课，无法锻炼身体、做游戏。事实上，他们的人生从成为难民的那一刻起，就注定只能缓慢前进。

法蒂玛说，现在她想成为一名眼科大夫，因为爸爸说德国有很多叙利亚医生，她想成为其中的一员。因为战争，她变得更加实际了。

叙利亚的小孩子们非常可爱，且很有教养，尽管黎巴嫩因为没有总统、政府停运、无人清扫公路，成了一个臭气熏天的"垃圾国"，但是来自叙利亚的小朋友们还是主动维持了自己的小环境的干净整洁。

叙利亚曾经是出产中东大文豪和艺术家的摇篮，过去，在叙利亚随处可见文质彬彬、颇有礼貌和教养的年轻人，现在随处可见的却是沿街乞讨的孩子。虽然我们的黎巴嫩雇员并不喜欢叙利亚人——难民大量到来，挤占了他们的生存资源，但是看到这些孩子时，他们依然忍不住感叹。很显然，战争大大减少了叙利亚儿童发展的可能性。在难民学校，无论孩子们多么努力，他们能够学习到的知识、掌握到的技能，依然非常有限。

不得不说，人类社会进步越来越快。2000多年前的秦始皇穿越到唐朝可能很快就能适应——近千年过去了，达官贵人们主要的交通工具依然是马车。但是你要是让慈禧太后穿越到现在，看见高铁、飞机和每个人对着说话的一个个"小砖头"，她会以为是怪兽统治了世界。

即使在同一个时间维度，在不同的地理空间，人与人之间的差异也在迅速被拉大。我的同事包佳节曾到四川的深山里采访，他讲述了一段亲身经历：山里的小孩子看到大卡车惊讶不已，他们围着它，往车头的进气格栅里喂草——他们觉得它应该是和牛一样的生物。

这正是难民小孩们正在经历的：他们生活在一个非常狭小的空间里，在为最基本的生存需求挣扎，他们没有手机，没有电视，更没有网络。于是他们对这个世界的认知被框死了。他们的生活环境和条件回到了爷爷奶奶那一辈甚至更早的年代，仅仅是为了找本书看便需要付出非常大的代价。

与此同时，外部世界却日新月异，一个全信息化的地球村正在被构建，他们却离这样的世界越来越远。

我的另一个同事高瞻说，在伊朗很少能遇见会英文的人，他曾经碰到过一个假期打工的在校大学生，磕磕巴巴能交流几句。有一天，他碰上一个白胡子老爷爷，却能说一口流利的英语。高瞻心生好奇，问他在哪里学的英语。答曰："伊斯法罕大学航天工程系。"顿了一下补充道，"革命前。"同样的情况在伊拉克和中东的很多地方都能看到。在战争的情境下，人类社会遭遇的是停滞和倒退。

不知道若干年后再看叙利亚人,停止发展了的一代或是几代人会是怎样一番景象,是否还会有人记得,这曾经是一个盛产诗人和学者的民族呢?

每一次走散

徐 斌

如果我们和自己走散了,人群会收留我们。如果我们和人群走散了,心灵会收留我们。

如果我和家人走散了,警察叔叔会收留我的。

对此,我有切身体会。在5岁之前,我以夜不归宿出名,几乎每个月,我都要去拜访一两个派出所,或者从父母的眼皮底下开溜,或者从力不从心的外婆手中逃脱。为此,我损坏过派出所的三支钢笔、两张小板凳和一顶新帽子,同时损害的,还有父母的面子和自己的屁股蛋儿。

如果我和初恋走散了,成熟会收留我的。

15岁的秋天,望着一个背影从车门前消失。车继续走,我第一次感到,有太长的路要自己独自走下去。而成熟,犹如路旁忧郁的老人,乞讨着每一份过路人的天真。走过他的身旁,我的脚步不再像童年时一样欢快。

如果我和道路走散了,脚步会收留我的。

本命年多有不顺,24岁的我,站在街头涕泪滂沱。失去了稳定的工作,前途一片茫然,虽然知道路还有很多条,就是不知道自己该何去何从。路上的行人好奇地看着我,我心里只有一个念头:哭吧,哭完了气也会顺了。我不相信我会这样被击垮!我愿意穷尽一生走下去,走出迷津,走出自己的路。

如果我和爱情走散了，婚姻会收留我的。

年轻岁月，马不停蹄地追逐着爱情，为一个眼神兴奋，为另一个微笑遐想。

35岁的时候，试着学会承认：原来我们追逐的并不是某个人，而只是爱情本身！

突然明白，谈情说爱只是一个过程，不如省略吧，找一个伴侣，组一段婚姻也许是最好的归宿。原本，婚姻中并不需要太多的激情，那只是一种左手牵右手的亲情罢了——但足以维系一生。

如果我和爱人走散了，孩子会收留我的。

总有一天，我和我爱的人会先后离开。我愿意走在她之后，因为我想让她在我怀里幸福地闭上眼睛，因为我不想把独存的悲苦留给她去感受。当然，我们也已做好准备，漫长而艰辛——教会孩子如何尊老、敬老、养老。当那一天来临，孩子们会收留我或我妻，呵护我们，宛若当年我们对他的呵护。

如果我和生命走散了，大地会收留我的。

他们说，像我这般聪明的人，老来一定痴呆。我却想，那未尝不是一种幸福。65岁，或者75岁的某个午后，坐在阳光下假寐一阵，然后豁然清醒一阵，想起一生中无数次走散，只有这一次是早已得到通知的。回光返照中，不会有怨悔也不会有

215

叹息，因为每一次走散，总有什么会收留我们的。这一次，是身下的大地。

真的，每一次走散，总有什么会收留我们的。

如果我们和理想走散了，现实会收留我们。如果我们和现实走散了，网络会收留我们。

如果我们和快乐走散了，忧伤会收留我们。如果我们和忧伤走散了，坚强会收留我们。

如果我们和自己走散了，人群会收留我们。如果我们和人群走散了，心灵会收留我们。

每一次的走散，总有每一次的归宿。

一生如斯。